身代わり伯爵の結婚

清家未森

JN285398

14796

角川ビーンズ文庫

身代わり伯爵の結婚

CONTENTS

序　章　いばら姫の憂鬱　7
第一章　災難ふたたび　11
第二章　嵐を呼ぶお見合い相手　67
第三章　ひそかなる想い　144
第四章　王宮肝試し大会開催　184
第五章　赤と翠の誓約　217
あとがき　265

フレッド
ミレーユの双子の兄で、ベルンハルト伯爵。私的親衛隊「白薔薇乙女の会」が存在するほどの人気者。妹大好き。
シルフレイア
アルテマリスのお隣、コンフィールド公国の姫君。オカルト大好きで、特技は占いと呪詛返し(五割増し)。
カイン
「白百合騎士団」副長。シルフレイアの護衛として、彼女のお供をしている。守護霊で人を判別する変人。
リヒャルト
フレッドの親友かつ副官の青年。真面目で有能だけど天然。ミレーユのお守り役として、いらぬ苦労を背負いがち。

身代わり伯爵の結婚 CHARACTERS

ミレーユ
元気で短気で貧乳なパン屋の看板娘。兄のせいで、身代わり伯爵として「白百合騎士団」で騎士団長を務めている。
ジーク
ジークと称して王宮をふらふらしているが、実はアルテマリス国の第一王子。ミレーユを後宮に入れたがっている。
ヴィルフリート
アルテマリスの第二王子。フレッドとは共通の趣味思考を持つ好敵手らしく、何かとはりあおうとする。

本文イラスト／ねぎしきょうこ

序章　いばら姫の憂鬱

彼女にとっての世界は、それまで小さな城の中にしかなかった。

主《あるじ》をなくして久しい城で、彼女はいそいで大人《おとな》にならなければならなかった。

森の向こうにある、いずれ自分が治めることになる領地。書庫のある塔《とう》の窓は、それを眺《なが》めるにうってつけの場所だった。霧《きり》にかすんでよく見えないそれに思いを馳《は》せ、毎日山と積まれた本を切り崩《くず》すように読みふけった。

大人になるまでに、どうしても見つけなければならないことがあったのだ。


十七の誕生日をむかえた日、彼と出会った。

周辺国からの招待客であふれかえる小さな城で、彼はひときわ輝《かがや》いていた。

それまで彼女の世界はとても狭《せま》かったので、上品な紫紺《しこん》の服に身を包み、少女たちと談笑《だんしょう》している彼の姿は、どの物語に出てくる貴公子より華《はな》やかで優雅《ゆうが》に思えた。

隣国《りんごく》アルテマリスの伯爵《はくしゃく》だと侍女《じじょ》がおしえてくれた。国王の甥《おい》で、ベルンハルト領を治める王弟の息子《むすこ》。つまり彼女にとっては従弟《いとこ》にあたる人なのだと。

彼女ははじめて会う従弟にとても親しみを覚えた。取り囲む少女たちに優《やさ》しく笑いかけ、会話をしている彼。とてもいいひとそうだと思った。

きっと彼なら自分の願いをきいてくれるに違《ちが》いない。

そう思ったから、祝いをのべにやってきた彼をバルコニーに連れ出すと、思い切って言ってみた。


「好きです。わたしと結婚《けっこん》してください」

月明かりの下で、彼はきょとんと目を瞬《またた》いた。そうしていると年相応《としそうおう》の十五歳の少年に見えた。

「ごめんなさい。突然《とつぜん》このようなことを言って、驚《おどろ》かれたでしょうけど」

「――いいえ。わりと日常茶飯事《さはんじ》なので、慣れています」

彼はしばらくこちらを見つめて何か考えていたようだったが、やがておだやかに微笑《ほほえ》んだ。

それから少し悲しげに続ける。

「しかしその申し出は受けるわけにはいきません。世に大洪水《だいこうずい》を呼び起こした罪人として、神に裁かれることになりますから」

「……大洪水？」

「むろん、女性たちの涙《なみだ》の海です」

いぶかしげにつぶやく彼女に、伯爵はせつなそうにため息をもらす。

「ですから、ぼくは誰かひとりのものになるわけにはいかないのですよ。申し訳ありませんがぼくもつらいのです」

彼女は沈黙《ちんもく》した。

――変な人、と思った。

これまで近寄ってくる男性は、誰もが彼女を誉《ほ》めそやし、求婚《きゅうこん》をほのめかした。立派な身なりの紳士《しんし》もいたし有名なお金持ちもいた。俗《ぞく》な言葉でいえば『よりどりみどり』というやつだ。きっと誰もが、同じような申し出をされたら喜んでうなずくだろうに。彼は他《ほか》の男性たちのように『国主の夫』という地位や名誉《めいよ》が欲しくないのだろうか。

「ところで、聞くところによると姫は占《うらな》いがお得意だとか」

興味深げな表情を向けられ、彼女はひとつうなずいた。

「ええ」

「でも、ご自分の未来については、おわかりではない？」

「……」

「――ではぼくがあなたのこれからを占ってさしあげましょう。悩《なや》める可憐《かれん》な姫君」

目を伏《ふ》せる彼女に、伯爵はかしこまって胸に手をあてる。そのままそっとこちらへさしのべた。

「神様は一生懸命《けんめい》なあなたをお見捨てにはならない。そのために今宵《こよい》ぼくをあなたのもとに遣《つか》わした。つまりぼくは、これからのあなたをお助けする正義の使者……」

蒼《あお》い月光の下で、彼はやわらかく微笑んだ。

「困ったときにはどうぞいつでもお呼びください。コンフィールドと麗《うるわ》しき姫のため、このベルンハルト伯爵フレデリックがお力になると誓《ちか》います。ぼくが味方につけば無敵ですよ。きっと来年の今ごろには、コンフィールドに素晴《すば》らしい国主が誕生していることでしょう」

「……」

彼女はじっと彼を見つめた。

口のうまい男はくさるほど知っている。だから、ありきたりな『予言』をした彼に特に感銘《かんめい》を受けたわけではなかった。

だけど考えてみた。彼はたくさんのものを持っている。これからの自分に必要なものも、おそらくは。

きっとうまくやっていける。人の好《よ》さそうな彼をだますようで気が引けたが、国のためなら情けは無用だ。

それに、彼にならいつの日かちゃんと恋《こい》をすることができるかもしれない。国のための嘘《うそ》の恋ではなく、本当の恋が。

そう思って、彼女は伯爵の手をとった。

一年後の未来をかすかに甘《あま》く夢見ながら。

第一章　災難ふたたび

初夏のあざやかな色彩《しきさい》が、窓の外をいろどっている。

アルテマリスの首都グリンヒルデに来るのは一月半ぶりだ。あのころはまだ遅《おそ》い春にいろどられていたが、窓から見える木々はもう夏の色をしている。

こうして景色《けしき》を眺めるとやはりグリンヒルデは都会だった。花の都サンジェルヴェ育ちのミレーユにはどこか野暮《やぼ》ったくも見えるのだが、父の領地であるベルンハルトから馬車にゆられてきた五日間と比べれば格段に洗練されている。

とはいってもベルンハルトもそれなりに良いところではあったのだ。果樹の群生する森はあかるい陽射《ひざ》しに照らされ、行き交《か》う人々の誰もが、ゆったりと近づいてくる馬車に気づくとほほえんで頭をさげてくれた。

それは権力者への礼儀《れいぎ》というより領主の人柄《ひとがら》に対する敬愛といったほうが近いのかもしれない。彼らの領主――つまりミレーユの父は立派な四頭立ての馬車にのって移動するような高貴な生まれだが、一方で収穫期《しゅうかくき》には彼らにまじって果実をもぎ、ともに昼食をとったりもする少し変わった人であるらしく、あまつさえ、収穫した果実はジャムにしてもらうため贈《おく》るのだとうれしはずかしといった顔で語ったりする妙《みょう》に親しみやすい人らしいのだ。

けれども今、その『領民に慕《した》われる領主』ベルンハルト公爵《こうしゃく》エドゥアルトは、そんな肩書《かたが》きや評判もかなぐり捨てるような勢いで泣いていた。

「や、やっぱり、お、お、怒《おこ》っているんだねっ。わ、私が、フレッドと組んで、きみを、だ、だ、騙《だま》したからっ」

現国王の弟であり、三十を過ぎた立派な成人男子であり、加えて言うならそこそこ見られる美丈夫《びじょうふ》だというのに、今の彼からはそのどれをとっても微塵《みじん》も感じられない。ひとりの父親という立場になると人格が変わってしまったとしか言いようがない涙もろさを露呈《ろてい》するのだ。

「だからあ、そのことはもういいって言ってるでしょ。もう怒ってないんだってば」

ミレーユはいささかうんざりしながら同じせりふを繰《く》り返した。

幼いころ養子にやられた双子《ふたご》の兄が、死んだはずの父と暮らしていて、なんとその父が隣国の大貴族で――というまさに寝耳《ねみみ》に水の真実を知ったのは、今から三ヶ月前のことだ。しかも兄フレッドが王太子の婚約者《こんやくしゃ》と駆《か》け落ちしてしまい、その責任を問われる父を救うために兄の身代わりとして王宮にあがるという、常識では考えられない目に遭《あ》うはめになった。――が、それはまだいい。

問題はその駆け落ち騒動《そうどう》がぜんぶ嘘だったということだ。おまけに王太子妃誘拐《ひゆうかい》事件を解決するため、他ならぬフレッドの提案で、犯人一派をあぶりだす餌《えさ》にされたのである。

それを知らされたときの怒りは言葉では表し難《がた》い。けれど王太子妃となるリディエンヌは無事に戻《もど》ってきたことだし、もうこれきり関《かか》わることはないだろうと思ったから、父や兄やその他関係者に総出で騙されていた怒りはおさめることにしたのだ。

（それなのに、なんであたしはまたグリンヒルデにいるのかしら。しかもまた男装だし……）

ミレーユは思わず遠い目になった。

ようやく家に帰り、あらためてパン職人への道を進もうとあれこれ計画を練っていたのに。「傷心旅行に出るんで身代わりよろしく」という兄の手紙が舞《ま》い込み、問答無用でお迎《むか》えが来てしまったため、その目論《もくろ》みはあわくも崩れ去った。

生まれて初めて女の子にふられたのがショックだったのはわかるが、失恋《しつれん》旅行に行くなら行くでだれにも迷惑《めいわく》をかけずに独りでやれと言ってやりたい。

しかし同じくらい腹が立つのはそんな兄にまんまと利用される自分のお人よし加減だ。あのバカ兄、と思う一方で、報《むく》われない恋をしていたフレッドに思い切り同情してしまっている。

（結局こうなる運命なのよね。フレッドの気持ちを知ってるのは、たぶんあたしだけだもの。あのカッコつけ男が失恋しただなんて、あたし以外に死んでも言うわけないし）

もとは金茶色の髪を兄と同じ金色にそめるのも、これで二度目だ。前髪をつまんで思わずため息をつくと、絹のハンカチを握《にぎ》りしめてぐすぐすと鼻をすすっていたエドゥアルトが、がばっと顔をあげた。

「ほらっ、やっぱり、怒っているじゃ、ないかっ」

「……そのことで怒ってるんじゃないわよ」

さっきから一体何度おなじやりとりをしただろう。まったく、泣き虫の父親を持つといろいろ苦労する。

（まあ……ある意味、新鮮《しんせん》ではあるけど）

少し前までミレーユは『父親』というものを知らなかった。自分が生まれる前に死んだときかされて育ったからだ。もしお父さんが生きていたら、と昔はあれこれ空想したものだが、まさかこんなに涙もろい人だとは思ってもみなかった。

実際、勝ち気が服を着てあるいているような母といったいどんな経緯《けいい》があって恋におちたのか、ミレーユはいまだに理解できないでいる。お忍《しの》びで訪《おとず》れた別荘地《べっそうち》で偶然《ぐうぜん》出会い、身分を隠《かく》してつきあっていたというのは聞いたことがある。その時点でも充分現実離《じゅうぶんげんじつばな》れしているが、王子とパン屋の娘《むすめ》という組み合わせ以前に、この泣き虫な父が、五番街区のおじさんたちから姐御《あねご》と呼ばれて慕われている母を射止めたというのが信じられないのだ。

「じゃあ一体、どうして、怒っているんだい？」

腕組《うでぐ》みをしてむっつり黙《だま》っているミレーユに、エドゥアルトは涙《なみだ》をふきつつ訊《たず》ねる。と、はっとしたように隅《すみ》に控《ひか》えている青年を見た。

「もしや……リヒャルトに何か不埒《ふらち》なふるまいをされた、とか……」

急に話の矛先《ほこさき》――それもかなり不名誉な――を向けられ、リヒャルトはぎょっと目を見開く。

「ま、まさか」

「ちがうわよ！」

父のとんちんかんなせりふに、ミレーユはとうとう頭に来てさけんだ。

「不埒なのはパパでしょ！　年頃《としごろ》の娘に添《そ》い寝《ね》しようとしたり、一日中着せ替《か》え人形にしたり、変なことばっかりして！　パパじゃなきゃぶん殴《なぐ》ってるところよっ」

「ミ、ミレーユ……！」

「ふつう、父親ってそういうことしないもんじゃないの？」

エドゥアルトは、この世の終わりを迎えたような顔をして固まってしまった。

ちょっときつい言い方だっただろうかと思ったが、ミレーユは訂正《ていせい》しなかった。なにしろここしばらく、本当に大変な目にあっていたのだ。

リヒャルトとともにしぶしぶモーリッツ城へやってきたミレーユに、再会がよほど嬉《うれ》しかったのかエドゥアルトは四六時中くっついてまわった。今まで娘のために作りためていた大量のドレスを部屋中に吊《つる》して、一時間おきに着替えてみせてくれと言ったり、夜ひとりで寝るのはさみしいだろうと枕《まくら》持参で寝室《しんしつ》を訪問してきたり、ああだこうだと理由をつけては街中へ連れ出して道ゆく知らない人にいきなり娘自慢《むすめじまん》をはじめたり……。

「あたしは遊ぶためにアルテマリスに来たんじゃないわ。この忙《いそが》しいときに、なんでこんなことしなくちゃならないのよ。さっさと用事を済ませてうちに帰りたいの。わかったら今すぐグリンヒルデに連れてって！」

ついに堪忍袋《かんにんぶくろ》の緒《お》が切れてそうぶちまけたのは六日前のことだ。シジスモンの実家を出てから五日半、モーリッツ城ですでに四日の時が過ぎようとしていた。

以来、娘に嫌《きら》われたと、エドゥアルトはべそべそ泣き続けている。

「もう生きていけない……私は……私はいったいどうしたら……」

「どうもしなくていいわよ。普通《ふつう》にしてればあたしだって文句は言わないわ」

「わ、私は普通じゃないかいっ？　父親失格かい⁉」

「ああもうっ、いつまで泣いてんのよ、うっとうしい！　もうあたし行くから！」

「ミ、ミレーユ……！」

「行ってきます！」

すがりつく父をふりきって、ミレーユは憤然《ふんぜん》と部屋を出て行く。エドゥアルトはハンカチをにぎりしめ、ぱたりと長椅子《ながいす》に倒《たお》れこんだ。

最愛の娘に暴言を吐《は》かれた公爵がさすがに気の毒になり、リヒャルトはおずおずと歩み寄る。が、エドゥアルトの顔を見るなり、うっと息をのんだ。

彼は微笑《ほほえ》んでいた。頰《ほお》を染め、なぜだかすこぶる嬉しそうに。

「まったくあの子ときたら、なんてジュリアにそっくりなんだろう。殺し文句まで一緒《いっしょ》なんて……。ふふっ、血は争えないなあ」

「……エドゥアルト様？」

「泣き虫だのへたれ男だのと罵《ののし》られるたび、私の心は甘くうずいたものだ……。わかるかい、リヒャルト。それは恋《こい》の痛みだ……。怒《おこ》られれば怒られるほど、ジュリアのことが好きになっていったのさ……ふふふ……」

「………行ってまいります」

尊敬する公爵《こうしゃく》の言動が理解できないものになってきたので、リヒャルトは聞かなかったことにしてミレーユの後を追った。


「何かあったんですか？」

馬車に乗り込み、王宮にむけて走り出したところで、リヒャルトはおもむろに口をひらいた。

むすっとして窓の外をながめていたミレーユは、眉《まゆ》を寄せたまま彼を見る。

「何かって？」

「いや、なんだか苛々《いらいら》しているようだから。——エドゥアルト様だけが原因ではないんでしょう？」

鳶色《とびいろ》の静かな瞳《ひとみ》に見つめられ、ミレーユは少しの間沈黙《ちんもく》した。

彼はいいひとだが、こういうところはちょっと苦手だ。心を見透《みす》かされるようで落ち着かない気分になってしまう。

「……だって、早くサンジェルヴェに帰りたいのよ」

さりげなく目をそらしながらミレーユはぶつぶつと白状した。

「やっと家に戻《もど》ってこれからがんばろうってときに、なんでフレッドは旅行なんか行っちゃうわけ？　あたしだって暇《ひま》じゃないのよ。グリンヒルデと往復するだけでも二週間近くかかるのに、時間の無駄《むだ》だわ」

「すみません。重要な用件があるのでどうしても連れてくるようにとジークが」

「あっ、いえ、リヒャルトが謝ることじゃないわ。どうせジークの気まぐれなんでしょ。いいのよ、これでくだらない用事だったら、王宮のど真ん中で暴れてやるから」

八割方本気でそう発言するミレーユを見ていたリヒャルトは、かすかに苦笑《くしょう》した。

「そんなに嫌《いや》でしたか、グリンヒルデに来るのが」

「嫌にきまってるでしょ。だれが好きこのんで男のふりしたいと思うの。しかもあんな腹黒人間どもの巣窟《そうくつ》で」

「まあ……それはそうですね」

「あなただって嫌でしょ。あたしの護衛じゃなく、いつもどおりの仕事をしたいでしょうに。なんだか貧乏《びんぼう》くじ引かされて気の毒だわ。フレッドのせいで、ごめんなさいね」

「そんなことないですよ」


リヒャルトは静かな声でさえぎった。

「貧乏くじなんてとんでもない。またあなたに会えて嬉しいです」

「…………」

「でも、それだけじゃなさそうですね。サンジェルヴェに留《とど》まりたかった理由」

彼のさりげない発言に深い意味はあるのかと考えこんだミレーユだったが、次の一言ではっと我に返った。

「そうよ！　大変なの。あたしの将来がかかった大勝負が待ってるのよ」

我知らず拳《こぶし》をにぎりしめる。これまでの人生をひっくり返されるような衝撃《しょうげき》を味わったあの日のことを思い出し、ふつふつと怒りがわいてくる。

「──うちの近所にロイっていう幼なじみがいるんだけど、ついこの前、修業《しゅぎょう》先のシアランから帰ってきたの。リヒャルトがあたしを迎《むか》えにくる少し前だったわ」

「修業って、何の？」

「パンのよ」

「……パン？」

「うちのパン屋を乗っ取ろうとしてるのよ！」

ミレーユはカッと目を見開いた。ぽかんとするリヒャルトにかまわず、憎々《にくにく》しげに続ける。

「昔からいけ好かないやつだったわ……。パン屋の娘のくせに味覚がおかしいって真顔で嫌味言ったり、おまえの代わりに俺が店を継《つ》いで国一番のパン屋にしてやるとか生意気なことぬかしたり、あげくに本当にシアランに修業に出て、向こうの親方からお墨《すみ》付きをもらって帰ってきやがったのよ！　シアランのパンの技術は大陸でも一、二を争うっていうのに……。ゆるせない！　あたしに一度もケンカで勝てたことないくせにっ」

なんだか微妙《びみょう》に嫉妬《しっと》がまじっているような気もするが、そこは口に出さず、リヒャルトはまじめな顔で顎《あご》をさすった。

「それで、その彼が店を乗っ取るために帰ってきたと？」

「そうなの。あたしとパンの技術で勝負して、勝ったほうに店をゆずってくれっておじいちゃんにもちかけたのよ。おじいちゃんもけっこう職人気質《かたぎ》なもんだから、自分が認めた腕《うで》の持ち主を跡継《あとつ》ぎにしたいなんて言い出して……。冗談《じょうだん》じゃないわ。なんであんなぽっと出の新人に店をゆずらなきゃならないわけ？　いえ、もちろん負ける気はさらさらないけど、でも手強《てごわ》い敵だわ。今は少しでも精進《しょうじん》して腕を磨《みが》かなきゃいけないときなのよ。それなのに……！」

ようやく話が見えたのでリヒャルトはうなずいた。

「でもそれならこちらの別邸にいる間にも練習はできるじゃないですか。ベルンハルト公爵家の料理人たちは腕も確かだし、いろいろ教われば……」

「もちろんやってるわ。モーリッツ城にいるときからずっと毎日、パンの仕込みはあたしの仕事よ」

そういえば夜な夜な厨房《ちゅうぼう》から奇声《きせい》がきこえていたことをリヒャルトは思い出した。

「だけど、だめなの。参考にならないのよ。パパも他《ほか》のみんなも、『おいしい』ってひきつった顔で毎日くりかえすばかりで……。最近じゃあたしが感想を求めても目もあわせてくれないのよ。あれはたぶんパパから『おいしい』以外の感想を言うなって命令されてるんだわ。そうに決まってる」

昨夜まさしくその現場を目撃《もくげき》したリヒャルトは曖昧《あいまい》にうなずいた。エドゥアルトも使用人たちもなぜか涙目《なみだめ》で、悲愴《ひそう》な表情をしていたことを思い出す。

「具体的にどういう味かとか、どうすればいいかとか、おじいちゃんならいろいろ教えてくれるのに。だからサンジェルヴェにいたかったの。この非常時にあのバカの身代わりなんてやってる場合じゃないのよ。いい歳した乙女《おとめ》が男のふりだなんて、これじゃいつまでたってもお嫁《よめ》にいけないじゃない。おまけにあの有名なジルドのお菓子《かし》を食べ損なうしで、もう散々だわ」

髪《かみ》を短く切るのが女性に対する公的な刑《けい》にされている隣国《りんごく》シアランと違《ちが》い、自由奔放《ほんぽう》な女王が治めるリゼランドは風紀も独特で、ありがたいことに髪が短くても白い目で見られることはまずない。だがやはり周囲の人々に驚《おどろ》かれたのは事実で、近所の少年たちに「もてないのを苦にしてついに修道院に入るのか」と心配して問いつめられ、ゲンコツをお見舞《みま》いしたことなど数え切れないくらいである。それでまたお婿《むこ》の来手がなくなったと思うとやるせない。

何かいいことはないかと頭を切り替《か》えてアルテマリスへやってきたが、グリンヒルデに入るひとつ手前の街ジルドで見つけた憧《あこが》れの有名菓子店では、財布と相談して泣く泣く購入《こうにゅう》をあきらめるという悲劇にも見舞われた。エドゥアルトに頼《たの》めば喜んで店ごと買ってくれたかもしれないが、そんなおねだりをするくらいなら我慢《がまん》したほうがましだ。人の財布《さいふ》を当てにするのは主義に反する。

「ジルドって、あの赤い屋根の店ですか？」

「そうよ……って、なんで知ってるの？」

「店先のガラス戸にへばりついていたのを遠目から見かけたもので」

うっ、とミレーユは詰《つ》まった。なんというしまらない現場を見られてしまったのか。よだれをたらしていなかったことだけがせめてもの救いだ。

「そんなに食べたかったたなら買えばよかったのに」

「いっ、いいのよ！　願掛《がんか》けなの。ロイに勝てるようにお菓子断《だ》ちをしてるのよ」

しどろもどろでごまかして、ミレーユは持ち込んでいた紙袋《かみぶくろ》をひらいた。

「そんなことより、リヒャルト。あなた、あたしのパンを食べたことないわよね？」

「ええ。食事は官舎でとってますから」

「じゃあ、食べて。今ここで。そして率直《そっちょく》な感想をきかせて」

するとリヒャルトは少し困ったような顔になった。

「いや、俺はものすごい味音痴《あじおんち》なんですよ。何を食べてもまずいと思ったことがないし……。セオラスに泣かれたことがあるくらいですから、参考にはならないと思いますが」

「どうしてセオラスが泣くの？」

「彼は官舎の料理担当なんで」

小憎《こにく》らしくも懐《なつ》かしい筋肉自慢の騎士《きし》たちを思い出し、ミレーユは目を輝《かがや》かせた。

「それはいいことを聞いたわ！　みんなにも食べてもらおう。でも先にリヒャルトね」

有無《うむ》を言わさず笑顔《えがお》でパンを差し出され、リヒャルトはためらいがちに受け取った。

「いいんですか？　あなたの望むようなことは言えないと思いますよ」

「いいからいいから！」

「……じゃあ、いただきます」

期待に満ちた瞳に見つめられて、仕方なく口にはこぶ。

「――どう？」

真剣《しんけん》な顔で問われ、リヒャルトは迷った末に言葉を押し出した。

「………ふしぎな味ですね」

「ふしぎ？」

「いや……、おいしいです」

ミレーユはがっかりして座席にもたれた。

「やっぱり、完全無欠のおいしさなのね……。文句のつけようがない、みたいな」

「すみません。期待《きたい》に添《そ》えなくて」

「ううん、いいの。おいしいって言われるのは嬉《うれ》しいもの。でもこれじゃ、ロイとの勝負はあっけなくつきそうね。手ごたえがないわ」

「はあ……」

つまらなそうにぼやくミレーユから目をそらし、リヒャルトは考えこんだ。

味音痴な自分に生まれて初めて「おいしい」以外の感想をもたらしたこの食べ物。正常な味覚の者が食べたらいったいどんな状況《じょうきょう》に陥《おちい》るのかと、近頃《ちかごろ》の別邸の住人たちを思い出し、冷《ひ》や汗《あせ》を浮《う》かべるリヒャルトだった。

アルテマリス王国の王宮、シャンデルフィール城。

幾重《いくえ》もの城壁《じょうへき》にまもられた広大な城は、古く重厚《じゅうこう》な建物を夏の緑でいろどっていた。

ミレーユの住むリゼランド王国より北にあるせいで、季節の訪《おとず》れはこちらのほうがいくらか遅《おそ》い。短い夏のはじまりの風はさわやかに木々をゆらし、ミレーユの金色の髪をやさしく乱してゆく。

前に来たときには城門前でフレッド親衛隊に歓迎《かんげい》を受けたり回廊《かいろう》の途中《とちゅう》で強烈《きょうれつ》な乙女の集団に襲《おそ》われたりしたのだが、今回は何事もなく王宮騎士のサロン棟《とう》までくることができた。

フレッドが団長をつとめるセシリア王女の近衛騎士団、その名も白百合《しらゆり》騎士団の面々が待つ場所にふたりは向かっていた。

通称《つうしょう》『白百合の間』。美しい名前とはうらはらに、むさくるしい連中がたむろし、酒盛りや勝ち抜《ぬ》き腹筋大会などを行う部屋である。

その扉《とびら》の前までくると、ミレーユは重々しい顔でリヒャルトをふりかえった。

「先に言っとくわね。あたしはこれから復讐《ふくしゅう》の鬼《おに》になるわ。止めても無駄《むだ》よ」

「……復讐……？」

「乙女代表として鉄槌《てっつい》をくだすのよ」

おごそかに言って、面食《めんく》らっているリヒャルトにもってきた紙袋を押し付ける。

「あたしが合図したら渡《わた》して。それまで隠《かく》しててね。あいつらに絶対見つからないように」

リヒャルトは曖昧な顔で紙袋を見下ろした。

一体このパンを何に使うのかなどとはとても訊《き》けない雰囲気《ふんいき》だ。前回の事件で、騎士団の面々にも騙《だま》されていたことを怒《おこ》っているのは察しがついている。その仕返しをこのパンでしようとしているのだろうか。

大事な盾《たて》仲間を思い、リヒャルトは少し心が痛んだ。が、ミレーユの憤《いきどお》りは理解できるし、何より彼らがミレーユをもみくちゃにしたり抱《だ》きついたりしたことをちょっと根に持ってもいたので、おとなしく彼女の言うことをきくことにした。

「いい？　行くわよ」

緊張《きんちょう》の面持《おもも》ちでミレーユが取っ手に手をかける。血を見る事態になったら止めればいいかと思い、リヒャルトはうなずいた。


「おっ、来た来た！」

扉を開けるなり野太い声が飛んできて、ミレーユは身構えた。

久々に見る騎士たちは相も変わらず上半身裸《はだか》だった。加えて気味が悪いほどの笑顔である。

「よお、元気にしてたか、お嬢《じょう》」

明るく声をはりあげて進み出てきた赤毛はセオラスだ。歓迎の意を表してか、両手を広げて近づいてくる。

ミレーユは眼光鋭《がんこうするど》く彼を見返した。ここで気合い負けするわけにはいかない。

グリンヒルデに来て良かったことといえば、やつらに復讐する機会がめぐってきたことくらいである。

下町の鉄拳《てっけん》女王の異名をもつ自分があっけなく泣かされた屈辱《くつじょく》。そして女だと知っていながら知らないふりをしてからかっていた事実。もろもろの恨《うら》みを今こそ存分に晴らすのだ。

「ええ、元気よ。だけど挨拶《あいさつ》のまえに、そのうっとうしい筋肉を隠し――」

「久しぶりだなあ！　会いたかったぜえ！」

とげとげしく切り出したミレーユの腕《うで》をセオラスはいきなりむんずとつかむ。ぎょっとして後退《あとずさ》るのを満面の笑みで軽々引き寄せた。

「なっ、なにすん――」

「よっしゃ皆《みな》の衆、とりあえず胴上《どうあ》げだ！」

「おー！」

例によって群れの中に連れ込まれたかと思うと、四方から手が伸《の》びてきて勢いよく抱《かか》えあげられた。ミレーユは仰天《ぎょうてん》して悲鳴をあげる。

「はあ!?　ちょっと、なに――――きゃあああっ」

「せえの、隊長代理、バンザーイ！」

「バンザーイ!!」

「ちょっ、やめて、おろしてえええええ!!」

絶叫《ぜっきょう》むなしく、歓待《かんたい》の胴上げとやらが終わったのは軽く二十回は宙を舞《ま》ってからだった。

「……あんたら……」

目を回し青い顔でへたり込むミレーユの頭を、セオラスが上機嫌《じょうきげん》でなでまわす。

「相変わらず軽いなあ。もっと食うもん食って太れよ。とくにその胸のあたり」

途端《とたん》、カッとミレーユは目をむいた。

「だれが貧乳よ!」

「いや、そこまではっきりは言ってねーんだけど」

「信じらんない! 乙女《おとめ》の繊細《せんさい》な心を無残に傷つけるなんて、それでも人間の血が流れてるの⁉」

「い、いや、気にしてること言ったのは悪かったが、そこまで怒《いか》り狂《くる》わなくてもいいんじゃ」

セオラスはあわてて機嫌をとろうとしたが、ミレーユがゆらりと立ち上がったので口をつぐんだ。

異様な迫力《はくりょく》を感じてたじろぐ騎士たちを、ミレーユは据《す》わった目で見回す。

「いい機会だから言わせてもらうわ。フレッドの身代わりを務める以上、あんたたちはあたしの部下。いいえ、下僕《げぼく》よ。あたしの命令には絶対に服従すること。いいわね!」

突然《とつぜん》とびだした横暴な発言に騎士たちはいっせいに突《つ》っ込んだ。

「なんでそうなるんだよ。意味わかんねーんだけど」

「胸がないのを指摘《してき》されたくらいで下僕扱《あつか》いかよ。どんだけ気にしてんだ」

「つーか俺たち一応王女殿下《でんか》の正式な騎士なんですけど……」

「殿下にこきつかわれるんならまだ話は通るけどなあ」

「問答無用！」

ぴしゃりと切り捨てて黙《だま》らせると、長椅子《ながいす》に腰《こし》を下ろし、険しい目で一同を見回す。

「文句言える立場なわけ？　純真な乙女心をもてあそんだ極悪人《ごくあくにん》どもが！」

「極悪人……って」

「あたしを女だと知ってたくせに、抱きついたり服を脱《ぬ》がせようとしたり、すけべな話でからかったりしたじゃないの。それを極悪と呼ばずに何と言うのよ？」

騎士《きし》たちは沈黙《ちんもく》した。清廉《せいれん》潔白が信条とされる身分であることを今さらのように思い出したのだ。同時に、ほんの少し罪悪感らしきものも、じわじわとわいてくる。

「これは償《つぐな》いよ。あたしの心をふみにじった罰《ばつ》として、言うことをきいてもらうわ」

ミレーユは重々しく言い、そばにいた騎士にじろりと視線をうつした。剃《そ》り上げた頭がまぶしい、隊内一の強面《こわもて》といわれるロッドである。

「まずあんた。肩《かた》がこったから揉《も》んでちょうだい」

「…………へ？」

「肩を揉めと言ったのよ。きこえなかったの」

彼は突如《とつじょ》異空間に放り出されたかのような顔になった。ミレーユはかまわず、そのとなりで同じくぽかんと口を開けている騎士たちに目をうつす。

どれも素手《すで》で木こりの真似《まね》事をするくらい朝飯前という筋肉自慢《じまん》の猛者《もさ》ばかりだが、ミレーユの目に射《い》すくめられて若干《じやつかん》引き腰になった。

「あんたたちは脚《あし》ね。で、あんたは腕。——あ、あと、そっちの三人、お茶とお菓子《かし》もおねがい」

「…………」

絶句して固まる騎士たちに鬼隊長の檄《げき》が飛ぶ。

「隊長代理の言うことがきけないの⁉」

だーん、と大卓を叩《たた》く鬼隊長に恐《おそ》れをなした騎士たちは、あたふたと動き始めた。ある者は棚《たな》をひっかきまわして菓子類を探し、ある者はなれない手つきで茶を淹《い》れ、またある者は羽扇子《せんす》でうやうやしく風を送り——。

そしてミレーユの指名を受けた者たちは、彼女の要求にこたえるべく周囲に陣取《じんど》った。顔を見合わせ、おそるおそる体に触《ふ》れる。——が、

「下手《へた》くそッ！」

すぐさま怒声《どせい》が飛んだ。

「この馬鹿《ばか》力！　あたしの大事な肩が折れたらどうすんのよっ。もっと優《やさ》しくやりなさいっっ‼」

「す、すんません」

「脚！　かかとの辺りをしっかりやってちょうだい。この靴《くつ》、履《は》いてると疲《つか》れるのよね」

「りょ、了解《りょうかい》っす」

「ちょっとお、お茶はまだなの？」

「はっ、ただいま！」

室内は異様な緊張《きんちょう》感に包まれた。

黙々《もくもく》と奉仕《ほうし》にはげみながら、彼らの誰もが心の中でつぶやいていた。

（セシリア姫《ひめ》より、ある意味おっかねえ……）

一応は王女の騎士という名誉《めいよ》ある身分の自分たちが、主《あるじ》以外の人物に顎《あご》でこきつかわれる日がこようとは。

婦女子をむやみにからかうべからず。どんな逆襲《ぎゃくしゅう》に遭《あ》うかわからない。ふざけた猥談《わいだん》などもってのほか。——一同は深く深く胸に刻みつけた。

一方のミレーユは、しずしずと盆《ぼん》を運んできたセオラスからカップを受け取って満足げに息をついていた。

「あ〜、天国だわ〜」

連中に泣かされた敗北感もこれで少しは癒《いや》すことができた。グリンヒルデへ来た目的のひとつは早くも達成されたわけだ。

ミレーユは上機嫌で菓子をつまみ、茶を味わっていたが、もうひとり復讐《ふくしゅう》すべき人物がいるのを思い出すと表情をあらためた。

（さてと……）

カップを戻し、咳払《せきばら》いしてリヒャルトを見る。

リヒャルトは壁際《かべぎわ》でこの事態を同情とも呆《あき》れともつかない表情で見守っていた。流血沙汰《ざた》にはならなかったが、これはこれでかわいそうな事態である。

彼はミレーユの視線に気づくと軽くうなずいてやってきた。

「えっと……。もういいわ。こりも治ったし」

急に調子の変わった隊長代理の態度に、騎士たちは戸惑《とまど》ったように顔を見合わせた。おそるおそる手を引いて立ち上がる。

ミレーユはリヒャルトから紙袋《かみぶくろ》を受け取ると、もう一度咳払いをして彼らにそれをつきつけた。

「これ、あたしがつくったパンだけど…………小腹がすいた時にでも、みんなで食べて」

「……」

騎士たちはいよいよわけがわからないといった顔で呆《ほう》けている。ミレーユは自分の中で短く葛藤《かっとう》した後、目をそらしたまま声を押し出した。

腹の立つ連中ではあるが、命の恩人であることもまた事実なのだ。

「あのとき、みんなで助けにきてくれたお礼。一応言っとくわ。……ありがとう」

あまり素直とはいえない態度ではあったが、言われた意味を理解した騎士たちはそろって感激の表情になった。

「隊長代理……！」

「お嬢《じょう》……！」

「い、言っとくけど、あたしはあんたたちのこと、許したわけじゃないのよ！」

妙《みょう》にうるんだ瞳《ひとみ》でいっせいに見つめられ、照れくさいのも合わさってミレーユはたじろぎつつ声をはりあげた。

「あくまでも、あのときのこと限定なんだから。あんたたちにとっては仕事の一環《いっかん》だろうけど、あたしにとっては生死の境目だったんだから。だからお礼言ってるだけよ」

「わかったわかった。とりあえず皆の衆、お嬢特製手作りパンをごちそうになろうじゃねえか」

「おー！」

異様な盛り上がりを見せて、騎士たちは我先に紙袋に手をつっこむと、パンにかぶりついた。


——めきょ。


鈍《にぶ》い音が響《ひび》いた。

パンを口にした者たちの顔からいっせいに血の気が引く。

次の瞬間《しゅんかん》、白百合《しらゆり》の間を野太い絶叫《ぜっきょう》が切り裂《さ》いた。

「な……、なんじゃこりゃあああ!!」

ミレーユは驚《おどろ》いて目を瞬《またた》いた。おいしすぎたのかしら、と戸惑っていると、あちこちから悲鳴があがりはじめる。

「うわあああ」

「ぎゃひぃぃぃ」

「ぐほおぁっ」

そろってかじりかけのパンを投げ捨てるのを見て、ミレーユは思わず叫《さけ》んだ。

「ちょっと！　なんてことすんのよ、もったいないじゃない！」

しかし騎士たちは聞いていなかった。卓《たく》に突《つ》っ伏《ぷ》して悶絶《もんぜつ》する者、頭をかかえて泣《な》き叫ぶ者、悪の大王でも見たかのような恐ろしい顔でミレーユを見つめ、震《ふる》え出す者——。

「殺す気かあああ！」

「何の嫌《いや》がらせだああ」

「もうゆるしてくれえ、あやまるからさあああ！」

悶《もだ》え苦しむ彼らをいぶかしげに見ていたミレーユに、セオラスが涙目《なみだめ》で指をつきつけた。

「これを食い物と呼ぶのは神への冒瀆《ぼうとく》だっ、パンじゃなくて殺人兵器じゃねえか！」

「なんですってえ！」

ミレーユはいきりたった。たしかに味見をしたとき、いつもより出来が良くないような気はしたが、それにしても殺人兵器などという言い草はひどすぎる。

「そこまで言わなくてもいいじゃない！　はりきって作ってきたあたしがバカみたいじゃないの。ちょっとまずかったくらいで、ひどいわ」

「どこがちょっとだ——!!」

「でもリヒャルトは普通《ふつう》においしいって言ってたわよ。ねえ？」

同意を求められたリヒャルトは微妙《びみょう》に目をそらしたままうなずいた。

「まあ……独特の風味はありましたが……」

「ほらね。それに少しくらいまずくたって、お腹《なか》がすいてるときには御馳走《ごちそう》に思えるものよ」

「だから少しじゃねーって！」

必死の形相で否定するセオラスに、ミレーユは伏《ふ》し目がちに紙袋をふたたび差し出す。

「わかったわ。出来の悪さは反省してる。でも今日はこれで我慢《がまん》してよ。また明日も作ってくるから」

その一言に、騎士《きし》たちの苦悶《くもん》は限界に達した。

「いやだああっ、まだ死にたくねえ——！」

「全霊《ぜんれい》をかけてお願いします、今すぐこの世からそのパンを抹殺《まっさつ》してください！」

「つらか解毒剤《ざい》！　解毒剤はどこだっ、このままじゃシャレになんねえよ！」

「……な……っ」

あまりの言われように、ミレーユはわなわなとふるえだした。その体に無言で腕を回し、空いたほうの手で心持ち耳をふさぎながらリヒャルトは踵《きびす》をかえす。

「なんてこと言うのよ、この罰当《ばち》たりどもがっ！　小麦の神様に代わって成敗してやるわ!!」

とうとう爆発《ばくはつ》したミレーユだったが、リヒャルトの迅速《じんそく》かつ賢明《けんめい》な判断によって、半ばひきずられるようにサロンを出ることになったのだった。

「なんなのよ殺人兵器って！　あの筋肉男ども、腹筋のしすぎで味覚がおかしくなってるんだわ！」

廊下《ろうか》にでてもミレーユの頭の中は噴火《ふんか》したままだった。

「──ミレーユ」

「なによ⁉」

勢いよくふりかえった瞬間、口の中に何かが放り込まれる。

「なっ……？」

目をまるくしたミレーユは、その香《かお》りに覚えがある気がして黙《だま》り込んだ。そしてさらに目を見開いてリヒャルトを見上げた。

ベルンハルトからグリンヒルデに向かう途中《とちゅう》、ジルドの街で見かけた菓子《かし》屋の店先にただよっていた香りだ。財布《さいふ》の中身と相談して泣く泣くあきらめた、あの菓子を売っていた店である。

「どうして⁉」

勢い込んでたずねるミレーユに、リヒャルトは軽く眉《まゆ》をあげて微笑《ほほえ》んだ。

「たまには願掛《がんか》けを気にせずお菓子を食べるのも、いいんじゃないかと思いまして」

そう言って懐《ふところ》から紙袋を取り出し、ミレーユの掌《てのひら》にのせる。

「……いいの？」

「もちろん」

「ほんとに？」

「だって、好きなんでしょう？」

ミレーユは素直にうなずいた。微笑みを返してきたリヒャルトが、つと手をのばしてミレーユの口元を指で軽くぬぐう。

「俺も、お菓子を食べてるあなたを見るのが結構好きなんですよ」

一瞬《いっしゅん》で懐柔《かいじゅう》されたミレーユは、感激のまなざしで彼を見上げた。

（なんていいひとなの。いつも惜《お》しげもなくお菓子を買ってくれて、まるで神様みたいだわ……）

つくづく腹黒な兄の親友にしておくにはもったいない人だ。しみじみそう思っていると、リヒャルトは爽《さわ》やかな笑顔でうながした。

「じゃあ行きましょうか。王太子殿下《でんか》とリディエンヌ様がお待ちかねですよ」

「ええ、そうね」

ころりと機嫌《きげん》を直したミレーユは、それが実はリヒャルトの計算だとも知らず弾《はず》んだ足取りで歩き出した。

「…………見たか？」

扉《とびら》のすきまからのぞいていた騎士たちは一様にうなずいた。

「ああ。見た」

「なるほどな。リヒャルトは、あのじゃじゃ馬をああやって手懐《てなず》けてたわけか」

なかなかやるじゃねえか……と、ひりつく唇《くちびる》を押さえながら男たちは感嘆《かんたん》する。

早くもパンのショックから立ち直ったセオラスが号令をかけた。

「よっしゃ！　皆《みな》の衆、お嬢の癇癪《かんしゃく》対策には菓子だ。今のうちに調達してこようぜ！」

「おー！」

今日も白百合騎士団は仕事そっちのけで熱く盛り上がると、我先にとサロンを飛び出していったのだった。


ミレーユをアルテマリスに呼びつけた張本人であるジークこと王太子アルフレートは、婚約《こんやく》者であるリディエンヌの住む宮殿《きゅうでん》にいるということだった。

今回の身代わりについて言えば、フレッドの手紙だけなら無視することもできた。もともと風来坊《ふうらいぼう》なのだから失恋《しつれん》旅行くらいでいちいち身代わりを立てる必要はないはずである。

だが迎《むか》えにきたリヒャルトに渡《わた》されたジークからの手紙には、「とりあえず来い。従わないと父と兄が大変なことになるぞ」という脅迫《きょうはく》に近い文章が並んでおり、その高飛車な文面に腹を立てつつもやっぱりふたりのことが心配で結局は行くことにしたのだ。その結果モーリッツ城でぴんぴんしている父に毎日おもちゃにされることになったのだから、ミレーユがつい暴言を吐《は》いてしまったのもやむを得まい。

「一体、今度はなんなの？　リディエンヌさまはご無事なんでしょ？」

まさかまた悪者にさらわれて行方《ゆくえ》不明になっているわけではないだろう。そう何度も駆《か》け落《お》ちを偽装《ぎそう》されてはたまらない。

するとリヒャルトは考え深げな顔になった。

「それがよくわからないんですよ。確かに今回フレッドはとある任務を陛下から受けていましたが、本人がいなければ別の者がそれを代行すればいいだけの話なんです。まあ彼がつとめるのが一番いいんでしょうけど、絶対に身代わりが必要というわけでもないと個人的には思うんですが」

あやふやな物言いに、ミレーユは首をかしげる。

「よくわかんないけど……、つまりリヒャルトも知らないってこと？」

「ええ。おそらく、フレッドが出て行く前にジークとの間でなにか話があったんじゃないですかね」

どことなくおもしろくなさそうな口調である。ミレーユはまじまじと彼を見上げた。

「怒《おこ》ってるの？」

「……少しね」

「フレッドが何も言わずに出ていったから？」

リヒャルトは無言で回廊《かいろう》の向こうを見やった。それから、かすかに笑んでミレーユを見た。

「いろいろ危ないですからね」

「危ないって……」

「ほら——」

けげんな顔で訊《き》きかえそうとするミレーユの背中に手を回して引き寄せる。

「言ったそばから、来ましたよ」

そう言うなりリヒャルトはミレーユを抱《だ》きかかえて横に転がった。

（え——何⁉）

いきなり床《ゆか》に転がされて仰天《ぎょうてん》するミレーユの耳に、ばさり、というくぐもった音が聞こえた。

一体何事かと今の今まで自分が立っていたところを見ると、細い目の大きな網《あみ》が広がっている。

わけがわからずにいるミレーユを背後に押しやり、リヒャルトはすばやく剣《けん》の柄《つか》に手をかけて抜《ぬ》き放った。びゅんっ、と風を切る音がして、ふりかざした刀身に何かが勢いよく巻きつく。

ミレーユは唖然《あぜん》としてそれを見上げた。

巻きついているのは細い鎖《くさり》だった。先端《せんたん》についた錘《おもり》が刀身にあたって鈍《にぶ》く低い音を響《ひび》かせている。

「殿下、捕《ほ》獲《かく》失敗でございます！」

甲高《かんだか》い叫《さけ》び声がした。

リヒャルトがぐい、と剣を引くと、手繰《たぐ》られた鎖とともに柱の陰《かげ》から見知らぬ少年がよろけるように出てきた。青薔薇《ばら》の騎士——第二王子の近衛の制服を着ている。

「——仕損じたか」

どこからか舌打ちするのが聞こえた。負けを認めたくないのか、くやしげな声が続く。

「王宮内での抜刀《ばっとう》は禁じられているはずだぞ、ラドフォード」

「主君または上官の危機においてはこれを認めると、陛下のお許しをいただいております」

リヒャルトが鎖を解きながら冷静に返すと、今度は、ふん、と鼻を鳴らす音がした。

「まあいい。今日はこれを自慢《じまん》しに来ただけだからな。捕獲するのは見逃《みのが》してやる」

そこまでくるとさすがにミレーユにも事情がのみこめてきた。

王宮でこんなわけのわからない真似《まね》をする者は、たぶんフレッド以外では彼しかいない。しかしフレッドを捕獲して一体彼は何をするつもりなのか。

激しく嫌《いや》な予感がする。王子らしき人物の声はさっきから妙《みょう》にくぐもって聞こえるのだ。

(まさか、また出会い頭《がしら》に妙な攻撃《こうげき》をしかけてくるつもりじゃ……)

初対面時に謎《なぞ》の兵器をお見舞《みま》いされた記憶《きおく》がよみがえり、身構えたときだった。

ゆらり、と柱の陰から二足歩行の熊《くま》が出てきて、ミレーユは食べかけの菓子を噴《ふ》きそうになった。

(な……、ええええっ⁉︎)

黒い毛並みの熊はミレーユよりもほんの少し上背があった。腰《こし》に手をあて、こちらをじっと見つめている。しかも、ちょっと自慢げに。

呆然《ぼうぜん》と見つめ返すミレーユのとなりで、リヒャルトがやれやれといったようにため息をついた。

「始まったか……」

嫌な予感は的中したらしい。ミレーユはおそるおそる呼びかけた。

「あの……、ヴィルフリート殿下……？」

「……フフフ……」

くぐもった楽しげな笑い声があたりにひびき、熊の口《くち》がぱっくりと開いた。

金の髪《かみ》に翠《みどり》の瞳《ひとみ》、天使のように繊細《せんさい》な美貌《びぼう》をほこる王子様が、不敵な笑《え》みをうかべて顔をのぞかせる。

彼は絶句しているミレーユに、得意げに言い放った。

「その間抜《まぬ》け面を見ると、僕がこれを手に入れたという情報はつかんでいなかったようだな。おまえが鏡断《だ》ちしてまで欲しがっていた熊の頭つき着ぐるみ、今度は先に手に入れたぞ。ざまあみろ！」

まるで大熊の口に飲み込まれているように見える王子は、あっはっはと高笑いした。

「さあ、とくと眺《なが》めて愛《め》でるがいい。あの伝説の衣装部主任につくらせた逸品《いっぴん》だぞ。美意識に反するだのぶつぶつ言っていたが、東大陸から最高級の布と糸を毎月取り寄せてやるともちかけたらころりと意見をひるがえしてな。五日徹夜《てつや》で仕上げてきた。この毛並みの手触《てざわ》りといい、

眼玉の愛らしい感じといい、素晴らしい出来だろう? それをなんだ、女官どもはまるで化け物でも見たかのような顔をして逃《に》げていくんだからな。まったく、風雅を解《げ》さないやつらはこれだから困る」

うっとりしたり毒づいたり忙《いそが》しく表情を変える王子は、どうやら自分の趣味《しゅみ》を理解してくれる同志の登場を心待ちにしていたらしい。頬《ほお》をそめてまくしたてていたが、同志の反応が期待していたものと違《ちが》ったのか、いぶかしげな顔になった。

「――フレデリック。おまえ、少し変だぞ」

じろじろと無遠慮《ぶえんりょ》に見つめられ、固まっていたミレーユはたじろいだ。

「え？　変って、なにがですか？」

「うむ……。なんだか、いつもと感じが違う気がしてな」

ぎくっ、と肩《かた》が跳《は》ね上がる。彼には王太子の婚約披露宴《こんやくひろうえん》の夜にドレス姿を見られているのだ。いつ別人だと見破られてもおかしくはない。

「療養《りょうよう》生活ですこし面変《おもが》わりされているのでは？」

リヒャルトがさりげなく口をはさんだが、ヴィルフリートはなおも難しい顔をしたままミレーユを凝視《ぎょうし》している。焦《あせ》ったミレーユはごほごほと咳《せ》き込んだ。

「最近ちょっと風邪《かぜ》気味で……そのせいですよ、きっと。あはははは、……ごほごほ」

「おまえは風邪をひくと顔かたちが変わるのか？」

「そういう事例もないとは言い切れませんね」

まじめな顔でうなずいたリヒャルトをヴィルフリートはじろりと見た。

「嘘《うそ》をつくな、ラドフォード」

「……は」

「風邪を引いたら顔が変わる？　そんな話は聞いたことがないし、文献《ぶんけん》も目にしたことがない。でたらめで僕をごまかせると思うのか」

リヒャルトの目がかすかに緊張《きんちょう》をおびる。変わり者の王子は意外に勘《かん》が鋭《するど》いのだ。

しかし王子が発したのは予想とまったく違う質問だった。

「隠《かく》さずに話せ。なぜこいつの鼻がこんなに低くなってしまったのか」

真剣《しんけん》な顔で訊《たず》ねるヴィルフリートに、ミレーユは目をむいた。

「なにか悪いものでも食べたのか？　いや、その程度で鼻が低くなるなどありえない。どこぞの女の恨《うら》みでも買って、顔面に何か投げつけられたのか。ふむ、そっちのほうが説得力はあるな」

ぶつぶつと考察していた王子は、絶句しているミレーユを見つめて深刻そうに続けた。

「いったいどうしたというのだ。見た目だけには気を配っていたおまえがそんなに不細工なことでは、王宮での存在意義もなくなってしまうぞ」

「ぶ、不細工……！」

ミレーユは思わずよろめいた。

なんという言葉の暴力か。特に自分の容姿の良し悪《あ》しを気にしたことはなかったが、これはさすがに激しい痛手である。

あまりのショックに放心するミレーユを哀《あわ》れむように見て、ヴィルフリートは腕組《うでぐ》みしたまま重々しくうなずいた。

「ルーディに言って何か薬を処方してもらえ。早めに治しておけよ」

言うだけ言うと、彼は「痛々しくて見てられん。今日はもう帰ってやすめ」と高飛車に労《いた》わりの言葉を投げて踵《きびす》を返した。そのうしろを、くすくすと笑いながら近衛騎士《きし》たちが続く。

リヒャルトは王子の勘違《かんちが》いに安堵《あんど》の息をもらしたが、廊下《ろうか》の真ん中でうちひしがれているミレーユを見てそんな場合ではなかったと思い出した。

「あの……、大丈夫《だいじょうぶ》ですか？」

壁《かべ》と向かい合ってわなわなふるえていたミレーユは、拳《こぶし》を固めてくるりと身を翻《ひるがえ》した。

「王子様を殴《なぐ》ったら、やっぱり死刑《しけい》になるかしらね……？」

「落ち着いて。気持ちはわかりますが、やるなら殿下《でんか》じゃなく俺で我慢《がまん》してください」

「だいたい何で不細工とまで言われなきゃならないの？　しかも何か同情されちゃったしっ。ああもう、これだから嫌なのよ。王宮なんて腹黒と毒舌《どくぜつ》と筋肉男ばっかり！　無神経なやつらのせいであたしの心はぼろぼろよ！　早く帰って小麦粉とたわむれたいわ！」

怒《いか》り狂《くる》うミレーユをリヒャルトはたじろぎつつなだめる。

「あの、少し落ち着いたほうが……。今からその調子だと疲《つか》れちゃいますよ」

「乙女《おとめ》が男に不細工と言われてどう落ち着けというの!?　往復張り手と足蹴《あしげ》りをくらわせても

まだ心の傷は癒《い》えないわ！　ていうか着ぐるみがどうのこうのって、あのくだらない勝負はなんなの？　そんなことにお金をつかう余裕《よゆう》があるんなら、つましく頑張《がんば》るパン屋に寄付でもしろってのよっ。ああ腹立つ！」

リヒャルトは困ったようにため息をついた。

「そんなに気にするようなことですかね……」

「当たり前でしょ！　ああいやだ、リヒャルトも結局乙女の気持ちなんてわからないのねっ」

「だって、かわいいのに」

まじめな顔でリヒャルトはさらりと言った。思わず怒声《どせい》を飲み込み間の抜《ぬ》けた顔になるミレーユを見つめ、ごく当たり前の調子で続ける。

「実際はかわいいんだから、口でどう悪く言われてもいいじゃないですか。俺はあなたの顔、好きですよ」

「…………」

ミレーユはまたしても固まった。——この男は嫁入《よめい》り前の娘《むすめ》にいきなり何を言い出すのか。しかしリヒャルトが平然としているのを見て我に返り、目を泳がせる。

「あ、え、えっと……、なぐさめてもらってうれしいんだけど、あんまりそういうこと軽々しく言わないほうがいいんじゃない？　あなたのためにならないと思うのよね」

「え……？　ああ、すみません」

急に挙動不審《ふしん》になったミレーユをリヒャルトはふしぎそうに見たが、苦情を言われたと思ったのかあっさり謝った。

ミレーユはそっと冷や汗《あせ》をぬぐう。まったく天然というのは恐《おそ》ろしい。要するにいつもそばにいるフレッドと同じ顔をしている自分に、心をゆるしていると言いたいのだろう。それは素直《すなお》にうれしいがその誤解をまねく言い回しは改めてもらいたいものだ。なにか間違《まちが》いが起こらないとも限らないし、天然につけこまれて悪い人に騙《だま》される可能性もなくはない。

(前も思ったけど、なんか危なっかしいのよね、このひと……)

ちらりと横目でリヒャルトを見る。邪気《じゃき》のない視線を返されあわてて目をそらした。

「さあてっ、あの嘘つき王太子をとっちめに行くわよっ」

不自然な抑揚《よくよう》で宣言すると、ミレーユは動揺《どうよう》を悟《さと》られないよう勢いよく歩き出した。

真新しい白亜《はくあ》の宮殿《きゅうでん》では、主人である未来の王太子妃《ひ》がささやかな茶会をひらいていた。おだやかな陽射《ひざ》し。微風《びふう》にゆれる新緑のささやきは優《やさ》しい音楽のようにあたりをつつむ。

そんなのどかな青空の下。

夏色の庭にしつらえられた四阿《あずまや》では、目を覆《おお》いたくなるような甘ったるい光景がくりひろげられていた。

「はい、殿下。あーん」

「あーん」

立ち尽《つ》くすミレーユなど眼中にないといった様子で菓子《かし》を食べさせあっているのは、ジークことアルテマリス王国の王太子アルフレートと、その婚約者《こんやく》リディエンヌである。

「いかがですか、殿下？」

「ああ。大変美味だ」

「では、お次は——」

「次はこれにしよう」

菓子を選びとろうとするリディエンヌの指をとらえ、ジークは自分の唇《くちびる》へ引き寄せた。

「今日はまだ、こちらの味見をしていない」

「もう……。いやですわ、殿下ったら」

恥《は》ずかしげに頰《ほお》をそめ、リディエンヌは目を伏《ふ》せる。

（…………なに？　これ…………）

あまりに甘々しい雰囲気《ふんいき》にのまれ、ミレーユは呆然《ぼうぜん》としていた。免疫《めんえき》のない事態なためどう対処したらいいかわからないのだ。

見かねたリヒャルトがわざとらしく咳払《せきばら》いして割って入る。

「ご歓談《かんだん》中失礼いたします、両殿下。ベルンハルト公爵令嬢《こうしゃくれいじょう》がご挨拶《あいさつ》にまいられておりますが……」

はたと我に返ったようにリディエンヌがふりむく。ミレーユを見て目を輝《かがや》かせた。

「ミレーユさま！　お待ちしていましたわ。ずっとずっとお会いしたいと思っておりましたのよ」

「おひさしぶりです、リディエンヌさま。あたしもまたお会いしたいって——」

やっと笑《え》みを取り戻《もど》し、口を開いたミレーユだったが、言い終える前にジークはリディエンヌのあごをとらえて自分のほうに向き直らせた。ミレーユには目もむけず、そっけなく言い捨てる。

「ああ、来たのか。突《つ》っ立っていないで、座ったらどうだ？」

「……っ！」

ミレーユは眉《まゆ》をつりあげた。だがジークはそれをちらりとも見ず、リディエンヌの髪《かみ》をたわむれにいじっているだけだ。

（なんなのよ、その態度！）

頭にきたが、相手は一応王太子である。怒《いか》りにまかせてゲンコツをくらわすわけにはいかない。それくらいの常識は、いくら下町育ちの鉄拳《てっけん》女王でも持ち合わせているのだ。

ミレーユは腹立ちをこらえ、空いた椅子《いす》に腰《こし》かけた。ひとつ息をつき、笑顔になって口を開く。

「お城の暮らしはどうですか、リディエンヌさま。もう落ち着きました？」

リディエンヌはうれしげに微笑《ほほえ》み、ミレーユを見つめた。

「お気にかけてくださって、ありがとうございます。いまはだいぶ落ち着いておりますわ。披《ひ》露宴《ろうえん》の直後はさまざまな宴《うたげ》がつづいておりましたけれど」

「あまり無理しないでくださいね。なにか困ったことはないですか？　だれかに意地悪されてるとか、旦那《だんな》様が早くも浮気《うわき》してるとか」

「まあ。ふふ、ミレーユさまったら、心配性《しんぱいしょう》なのですね」

「いいえ、最後のはけっこう本気で気になってるんですけど——」

「まったくだ。こんなに美しい妻を悲しませる男がこの世に存在するわけがない」

真顔で言いかけたミレーユから婚約者の関心を取り戻すかのように、ジークはまたしてもリディエンヌの顔をやんわりと自分のほうに向き直らせた。

「さあ、続きをしよう。次はどれを食べさせてくれるのかな」

「でもミレーユさまが……」

「子どもではないのだから、自分で適当に菓子をつまむくらいできるだろう。だが私はあなたが食べさせてくれなければ何も口にしない」

「ですが」

困ったように目線を向けるリディエンヌに、ミレーユはひきつった作り笑顔でうなずいた。

「おかまいなく、リディエンヌさま。子どもじゃないので自分で適当にお菓子をつまませていただきます」

「だ、そうだ。さあやろう」

再度うながされ、リディエンヌはテーブルに目をもどした。

「ではこれを……。殿下、この焼き菓子は、コレットと一緒《いっしょ》にわたくしがつくりましたのよ」

「ほう。――すばらしい焼き色だな」

籠《かご》に盛られた炭色に近い焼き菓子をジークは感慨《かんがい》深げに眺《なが》めやる。

「お口に合うとよろしいのですけど……」

「なにを言っている。あなたが手ずからつくってくれたものが私の口に合わないわけがないだろう？」

「まあ。殿下《でんか》ったら」

はにかむリディエンヌと、それを微笑んで見つめるジーク。

「………」

客観的に見ればこれほど美しく似合いのふたりはいないと思う。まぶしい金髪《きんぱつ》に翠《みどり》の瞳《ひとみ》をもつジークは、認めたくはないが完璧《かんぺき》な美貌《びぼう》の持ち主だ。リディエンヌのほうも『雪の妖精《ようせい》』の異名で知られる文句なしの美女である。正式な婚約をかわした者同士なのだし仲が良いのも結構なことだと思っている。

だがしかし、ふたりの世界に浸《ひた》りきるのはまあいいとして、なぜミレーユを無視するような真似《まね》をするのか。わざわざ呼びつけておきながらいったいどういうつもりなのか。

憎々《にくにく》しげににらみつけても、視線に気づいていないはずはないのにジークはちらりともこちらを見ない。

しばし無言の攻撃《こうげき》をしてみたがまったく効果がなく、ミレーユはとうとう我慢《がまん》の限界に達した。

（ああそう。とことんあたしを無き者としてあつかうわけね。いいわ、そっちがその気ならこっちだって勝手に帰らせてもらうから！）

決心したミレーユは、帰るまえにせめてもの腹いせとして並んだ菓子を片っ端《ぱし》から食べまくることにした。

砂糖をまぶしたものや木の実入りの焼き菓子、色鮮《いろあざ》やかな蒸《む》し物、めずらしい揚《あ》げ菓子に、上品に盛られた果物。さすがは王宮の菓子、どれもすばらしく美味だ。

みるみる空になる皿をジークがちらりと見る。さすがに気になるらしい。

（ふん。このお菓子はみんなあたしがいただくわ。ざまあみろってのよ）

美味な菓子をたいらげたミレーユはほんの少し溜飲《りゅういん》をさげた。

「おや？　籠が空だ」

しらじらしくジークが言うと、リディエンヌが楽しげに立ち上がった。

「では、新しいものを持ってまいりますわ」

「あなたが行くことはない。だれかに持ってこさせよう」

「いいえ、ミレーユさまに食べていただくお菓子ですもの。わたくしが運びたいのです」

なぜかうきうきしたように言って、リディエンヌははずんだ足取りで宮殿へ入っていった。

追加がくると知ってミレーユは少しだけ迷った。もっと食べたいのは正直なところだ。

（ま、いっか……。おかわりを食べてから帰ろう）

そう決めて茶を飲もうとしたときだった。

今まで一瞥《いちべつ》も視線をくれなかったジークが、なにやらおもしろそうに笑いながらこちらをじっと見つめているのだ。

思わずたじろいで見つめ返すと、彼は満足そうに口をひらいた。

「私の作戦勝ちだな、ミレーユ」

「――へ？」

ぽかんとするミレーユにジークは意味ありげな流し目をくれる。

「嫉妬《しっと》に狂《くる》うきみのまなざしで穴があいてしまうかと思ったよ……。そんなに私を想《おも》っていてくれたとは知らなかった」

「……なに言ってんの？」

「あんなに熱い視線で私を見つめていたくせに、とぼけるのか？　まあ、その素直《すなお》じゃないところもかわいいがな」

「…………」

ミレーユは考えこみ、やがて意味を理解して赤くなった。もちろん怒りのためだ。

「バカじゃないの!?　なんであたしが妬《や》かなきゃなんないのよ！」

「隠《かく》すことはない。私のほうはいつでも受け入れる準備はできているぞ。きみのために後宮の一室も空けてある。心配するな」

「ふざけないでよ、この大うそつき！」

「うそつき？」

意外そうな顔でジークは眉をあげる。ミレーユは恨《うら》みがましくそれをにらみつけた。

「なにがジークよ。偽名《ぎめい》つかって王宮をうろうろして、純真な乙女《おとめ》を通りすがりに騙《だま》すようなことを、王太子ともあろう御方《おんかた》がやっていいわけ⁉」

「偽名ではない。ジークヴァルトが私の本当の名だ。アルフレートというのは王太子が代々継《つ》ぐ号のようなものだからな。親しい者はみな、ジークと呼ぶ」

あっさり言って、ジークは背後に控《ひか》えているリヒャルトに目線をやった。

「講師殿《こうしどの》は教えなかったか？　我がアルテマリスでは王位を継ぐ者の名は三つに限られている。ルートヴィッヒ、ハインリッヒ、そしてアルフレート」

ミレーユは首をひねった。聞いたような気もするが、だいぶ前のことなので記憶《きおく》があやふやだ。

身代わりになるべく叩《たた》き込まれた王宮関連の情報は、騒動《そうどう》が落着してもとの生活に戻ったらほとんど忘れてしまった。隣国《りんごく》の下町で国一番のパン屋への道を突き進むミレーユには、覚えていても何の得にもならない情報ばかりだったのだ。

とそこまで考えて、ミレーユははたと目的を思い出した。

「ねえ、ジー……王太子殿下。今回はリディエンヌさまもご無事なようだし、あたしがフレッドの代わりに伯爵《はくしゃく》にならなきゃいけない必要性はないんでしょう？　いろいろ忙《いそが》しいし、用事がないのならもう家に帰りたいんですけど」

今さらのように下手《へた》な丁寧《ていねい》語で申し出てみる。本人に対してはかなり腹が立つが、一応王太子だ。敬うべき人物なのである。

ジークはふと表情をあらためた。ミレーユは少し後ろめたい思いで続ける。

「そりゃあ、フレッドが仕事もせずにふらふら旅に出てるのは申し訳ないと思います。それはあの子が悪いんだしお給料を引いてもらってかまいません。でも、どうしてもあの子が王宮にいないとだめっていう事情は今回はないんでしょう？　だったら帰らせてください。あたしにも仕事が――」

「ミレーユ」

低い声がさえぎった。ジークは深刻な顔でミレーユを見つめた。

「なぜ、そんなつれないことを言う？」

「だから、家の仕事があるから……」

「どうしてそんなよそよそしい話し方をするのだ」

「……え？」

きょとんとするミレーユの手をテーブル越《ご》しにつかむと、ジークはいきなり立ち上がった。あまりの勢いにびっくりして固まっているミレーユのそばまでくると、手を引いて立たせ、ずいと身を乗り出す。

「胸が張り裂《さ》けそうだ。一度は心が通じ合った者にそんな物言いをされるとは」

「耐《た》えられない。私を苦しめるようなことを言う唇《くちびる》は、いっそのことふさいでしまおう」

「は？――へ？」

「ぎゃあっ」

ミレーユは悲鳴をあげて飛び退《すさ》った。今の今まで切なげな顔をしていたジークは、けろりとして片手を腰《こし》にあてた。

「ミレーユ、私に対してかしこまる必要はない。従兄妹《いとこ》同士という間柄《あいだがら》なのだから遠慮《えんりょ》は無用だ。何より堅苦《かたくる》しいのはきみには似合わないぞ」

「そ……それが言いたかったの？」

「そうだが？」

「だったら最初からそう言ってよ！　いちいち言い回しが大げさなのよっ」

「はっはっは。まあ座りたまえ」

ジークは悠然《ゆうぜん》と席にもどっていく。敬語を使っただけでなぜこんなにも息切れしなくてはならないのかと、ミレーユはそれを恨めしげににらんだ。

そんな内心に気づいた様子もなく、ジークはリヒャルトを見ると楽しげに笑った。

「おお怖《こわ》い。きみに下手に近づくと、護衛官殿ににらまれる」

「……まじめに話をしてください」

どことなく不機嫌《ふきげん》そうにリヒャルトが言うと、ジークは気を取り直したように椅子《いす》に座った。

「何の話だったかな。――ああ、フレデリックがいる必要性についてか」

「そうよ。ないんでしょ、今回は」

「いや、ある」

ジークは即答《そくとう》した。眉《まゆ》をよせるミレーユを見つめ、おもむろに腕を組む。

「十日後、王宮で大きな宴《うたげ》がある。コンフィールド公国の姫《ひめ》が女公爵《おんなこうしゃく》になる披露目《ひろめ》の宴だ。彼女の父君は国王陛下の弟——つまり我々にとっては従姉妹《いとこ》にあたる女性なのだが、早くに父君を亡《な》くされたため陛下が後見をつとめてこられた。今年十八になったのを機に襲爵《しゅうしゃく》することになったが、それには陛下の承認《しょうにん》がいる。それを得るために今アルテマリスに来ているのだが」

「ちょっと待って。コンフィールドって、えーと、確か……アルテマリスの南にある国だっけ」

「そう。シアランとの境にある、森にかこまれた小さな国だ」

それは大国の間にとりのこされた陸の孤島《ことう》のような、いわゆる緩衝地《かんしょうち》の役割にある国だった。だがそんな政治的な側面よりも、「森にまもられたコンフィールド城には白い魔女《まじょ》と妖精《ようせい》が棲《す》んでいる」というおとぎばなしのほうが庶民《しょみん》のミレーユには馴染《なじ》み深い。

「おとぎの国のお姫様か……。でも、それがあたしの身代わりとどう関係があるの？」

「早い話が、姫との縁談《えんだん》を苦にしてフレデリックが逃亡《とうぼう》したのだ」

さらりと告げられた事実に、ミレーユは三拍《ぱく》ほど間を置いて目をむいた。

「縁談!?」

「まあ、わけありではあるがな」

「わ、わけありって、どどどどういうっ」

「落ち着きたまえ」

軽く手をあげて制すと、ジークは頬杖《ほおづえ》をついて続けた。

「その姫というのが、少しややこしい立場におられる方でね。私とヴィルフリートに次いでアルテマリスの王位継承《けいしょう》権第三位の権利をもっているのだ。陛下の庇護《ひご》下にあり、まだ独身でそのうえ美人。彼女のもつ富と権力を我が物にしようと企む輩《やから》も多い。おかげで求婚者《きゅうこんしゃ》が後を絶たず、困り果てて陛下に相談したところ……」

「したところ⁉」

「護衛を兼《か》ねて求婚者たちを牽制《けんせい》しろ、とフレデリックにお命じになった。ベルンハルト伯爵との縁談が水面下ですすんでいると噂《うわさ》が流れれば、彼女に無理な求婚をする者はいなくなるとのご判断でな」

「じゃあ、ほんとに結婚するわけじゃないのね？」

「ああ」

ミレーユはほっと安堵《あんど》の息を吐《つ》いた。あのフレッドが自分の知らない間に知らない女性と結婚するなんて想像もつかない。

ジークはそんなミレーユを興味深げに眺《なが》めたが、それには触《ふ》れず話を続けた。

「彼は一旦《いったん》引き受けたが、ある日突然《とつぜん》急用ができたと置き手紙をのこして姿を消した。これは単なる職務怠慢《たいまん》ではすまされない事態だ。発覚すれば王命に背《そむ》いたとして厳しい処罰《しょばつ》が下されるだろう」

「…………」

ミレーユは内心冷や汗《あせ》をぬぐった。「実は失恋《しつれん》旅行なの」とは口がさけてもいえない。さらに厳罰が下る予感がひしひしとする。

何もこんなときに旅行に出なくてもいいのに。嘘《うそ》の縁談でも我慢《がまん》できなかったのだろうか。リディエンヌの耳に入ることが耐えられなかったのか？

それとも手紙に書いてあったとおり、王太子夫妻の尋常《じんじょう》でないいちゃつきぶりに世を儚《はかな》んだのか……。

わかる気がする。関係ないミレーユから見ても、あれは相当きつかった。

「と、いうわけだ。兄の気まぐれのせいでベルンハルト公爵家が取り潰《つぶ》しになるのが嫌《いや》なら、大人《おとな》しく身代わりを務めたまえ」

ミレーユはため息をついた。

やっぱりこうなる運命なのだ。フレッドの本心を知っているのは自分だけなのだから。

「……わかったわ。で、具体的になにをすればいいの？」

「とりあえずは姫の話し相手だな。常に一緒《いっしょ》に過ごし、仲睦《なかむつ》まじいところを周囲に見せ付けてほしい。もし姫に無理に言い寄るような不埒《ふらち》者がいたら遠慮なく撃退《げきたい》して構わない」

「それくらいはお安い御用《ごよう》だけど……」

か弱い姫に財産めあてで結婚を申し込もうなどと企む男を蹴散《けち》らすのはむしろ望むところだ。

が、ひとつ気になることがある。

「そのお姫様って、どんな方なの。いきなり長いすを振《ふ》り回したりはしないわよね？」

国王の末姫・セシリア王女の外見に騙《だま》されてひどい目に遭《あ》ったミレーユは、おそるおそる訊《き》いてみた。後ろでリヒャルトがかすかに苦笑《くしょう》する。

ジークも事情を知っているのか少し笑って首をふった。

「いや、シルフレイア姫はそういう方ではない。ひとりで本を読むのが好きだと言っておられたな。もの静かで大人しい方だよ」

「そう……」

思わずほっと胸をなでおろす。同時に姫に対する保護欲がふつふつとわいてきた。

（そんなお淑《しと》やかな方だもの、山ほどくる求婚者に心底困っておられるにちがいないわ。お気の毒に。できるだけ助けになってあげよう）

おとぎの国から来た、もの静かで読書好きのお姫様。シルフレイアというきれいな名からしても華奢《きゃしゃ》で可憐《かれん》な姫君に違《ちが》いない。これはぜひとも自慢の拳《こぶし》で守ってあげなければ。

「あ、でも、どんな話をしたらいいかしら。あたし、本を読むのって苦手なんだけど……。例えばどういう話題なら喜んでくれそう？　少し予習しておいたほうがいいわよね」

やる気に満ちた顔で質問するミレーユに、ジークは微笑《ほほえ》んで懐《ふところ》から何かを取り出した。

「きみのそのひたむきさにはまったく感服する。さあ、これを読みたまえ。シルフレイアに関する簡単な調書だ」

「あ、ありがとう……」

なんだかうさんくさい笑顔だわと思いつつ、ミレーユはその書類を開いた。

『シルフレイア・ユリエル・コンフィールド（十八歳）
趣味《しゅみ》——読書。愛読書は『世界の怪奇談《かいきだん》』、『幽霊《ゆうれい》の出る城　西大陸百選』など。
現在『呪《のろ》いを解くためあなたにできること』を探しているがなかなか見つからず、悩《なや》みの種になっているとのこと。
特技——占《うらな》い。呪詛《じゅそ》返し（五割増し）』

「…………」

無言のまま、縫《ぬ》いとめられたように文面に釘付《くぎづ》けになっているミレーユに、ジークはゆったりと促《うなが》した。

「なにか質問は？」

それまでの印象からかけはなれた調書を読んで、ミレーユは軽く混乱していた。

「…………え、ええっと、なんで愛読書がそっち系の本ばっかりなの？」

「趣味だろう。いつもは大人しいのに、亡霊とか魔界《まかい》とかそういう系統の話をするときは目が爛々《らんらん》と輝《かがや》いている。さすが魔女や妖精の棲む城に暮らしているだけのことはあるな」

「……………この特技は王族流の冗談《じょうだん》なのよね？」

「彼女の占いは百発百中と評判だよ。幼い頃《ころ》から魔術師に師事していたが、跡取《あとと》り娘《むすめ》なので占い師《し》になる夢は諦《あきら》めたそうだ。滞在中《たいざい》の『黄薔薇《きばら》の宮』をたずねてみるといい、毎日紳士淑女《しんししゅくじょ》が列をなしているそうだぞ。呪詛返しを受けた者の噂はまだ聞かないが、そちらも素晴《すば》らしい威力《いりょく》なのだろうな」

　ミレーユはごくりとつばを飲んだ。

　想像とだいぶ違《ちが》う展開になりつつあるのは気のせいだろうか。そんな個性的なお姫様と仲良くなれるか、ちょっと自信がない。どうも自分とは嗜好《しこう》が正反対のようなのだが。

「というわけで、彼女を歓迎《かんげい》するため王宮あげての肝試《きもだめ》し大会を催《もよお》すことになったのだ。よろしく頼《たの》む」

　ジークはにっこり笑って信じられないことを告げた。ひきつりながら自問していたミレーユはその言葉に目をむいた。

「肝試し大会!?」

「怪奇話が大好きなシルフレイアのため、フレデリックが企画《きかく》を出した。彼がいなくなった以上、身代わりのきみが指揮を執《と》るのは当然のことだろう」

「そんな！」

「なにか問題が？」

突《つ》っ込まれて、ミレーユはうっと言葉をのみこむ。

「さっきから顔色が悪いな。どうした？　まさか、肝試しするのが怖《こわ》いとか……」

探《さぐ》るように言われ、あわてて声をはりあげた。

「まっ、まさか、そんなわけないじゃないっ！　子どもじゃあるまいし、ゆ、ゆゆゆ幽霊が怖いなんて、まさか、そんなっ」

「そうか、それならよかった。ではさっそく今夜から下調べに取り掛《か》かってくれ」

「ええっ⁉」

墓穴《ぼけつ》をほってしまったミレーユは、ジークの不気味なほど爽《さわ》やかな笑顔を見て愕然《がくぜん》とした。

「どの経路を辿《たど》るのか、自分の足で歩いて確かめるのだ。別に難しいことでもないだろう？」

「で、でも、わざわざ夜にやらなくても」

「実際、肝試しをやるのは夜だからな。同じ状況《じようきよう》で準備をすすめたほうがいい。どのあたりに亡霊が出そうだとかあれこれ予測もたてられる」

ひっとミレーユは息をのんだ。そんなことを予測しながら夜の王宮を歩くなんて想像しただけで心臓が止まりそうだ。

「まあさすがにひとりでは心もとないだろうから、リヒャルトとふたりでやればいい。頼まなくともついてきてくれるだろうがな」

そう言ってジークは邪《よこし》まな笑みをリヒャルトに向けた。

「なあ、リヒャルト。頼んだぞ。私はきみに賭《か》けているのだから」

リヒャルトは少しけげんそうに眉《まゆ》を寄せた。だが王太子のあやしい言動には慣れているのか、訊き返さずにうなずいた。

「わかりました。では今夜から」

「期待しているよ」

妙《みょう》に優《やさ》しい声で微笑むジークのとなりで、ミレーユは虚勢《きょせい》を張るのも忘れ真っ青になっていた。

シャンデルフィール城の歴史は古い。もしかしたら本当に何かが出るという可能性もなくはないと言える。

もしそうなったとき、はたして正気を保っていられるだろうか。いささか自信がない。

(いや、ちょっと待って、落ち着いて。しっかりするのよ、あたし！　きっと大丈夫《だいじょうぶ》よ。ひとりでやるんじゃないんだし、リヒャルトがいるんだもの。そうよ、なにか出るって決まったわけでもないし……)

必死で自分をはげますミレーユをジークはやけに楽しそうに眺《なが》めている。頬杖《ほおづえ》をついてにやけながら歌《うた》うように言い添《そ》えた。

「そういえばミレーユ。『幽霊の出る城　西大陸百選』にはこのシャンデルフィール城も含《ふく》まれているそうだよ」

「!!」

「どんな幽霊が棲《す》んでいるのかな。もし見かけたら報告を頼む」

「……っ……」

「楽しい肝試し大会を期待しているぞ、ミレーユ」

「…………………」

ミレーユの顔色はもはや青から白に変わっていた。

宮殿《きゅうでん》からリディエンヌが籠《かご》をかかえてやってくるのが見えたが、王宮御用達《ごようたし》の菓子《かし》ももう喉《のど》を通りそうにない。

と、ジークは思い出したようにミレーユが手にしたままの書類を指した。

「たしか一番下の紙にフレデリックからの助言があるはずだ。参考にするといい」

ミレーユはひきつった顔のまま紙をめくった。

薄《うす》い透《す》かしの入った便箋《びんせん》に、たった一行、見慣れた書体の走り書きがある。

『ごめんね。だって怖いんだもん』

「…………」

ミレーユの手から、ひらりと紙が落ちた。

第二章　嵐を呼ぶお見合い相手

夜更《よふ》けの王宮は、昼間とはまったく違う顔を見せていた。

磨《みが》きぬかれた床《ゆか》も、緻密《ちみつ》な細工がほどこされた壁《かべ》や柱も、なにもかもが暗く闇《やみ》に沈《しず》んでいる。ときどきランプの明かりに照らされては思いもかけない模様を浮《う》かび上がらせ、そのたびにミレーユの心臓は縮み上がった。

月のない闇夜《やみよ》。小さなランプだけを頼《たよ》りにふたりは王宮を歩いていた。

当然ながら他《ほか》に人の姿は見当たらない。国王一家が住む御殿《ごてん》の周辺は警備兵や侍従《じじゅう》たちが常《じょう》駐《ちゅう》しそれなりに夜でもひとけはあるのだが、ふたりが目指す場所はそこから遠く離《はな》れた北の旧《きゅう》城跡《じょうあと》だった。シャンデルフィール城でもっとも古い一郭《いっかく》である。

「——寒いですか？」

黙《だま》りこくっているのを不審《ふしん》に思ったのかリヒャルトがランプをかかげて顔をのぞきこむ。邪《じゃ》念《ねん》を追い払《はら》おうと必死だったミレーユは、はっと我に返った。

「えっ？　そ、そんなこと、ないわよ？」

「でも、ふるえてますけど」

「むっ、武者震《むしゃぶる》いよっ」

「……そうですか」

納得《なっとく》したようなしないような声でつぶやいて、リヒャルトはふたたび歩き出した。意地っ張りな自分にちょっと泣きたくなりながら、ミレーユは彼の後ろにくっついていく。

(なんで……なんでこんなことに……)

今すぐ回れ右して逃《に》げ出したい。だがそんなことをすれば弱点を知られてしまう。彼にはもう何度も泣くところを見られているのに、このうえ弱いところまで知られたくない。なんとか前向きにシルフレイアと仲良くなって、肝試し大会とやらを成功させる。そう心にきめたのだ。

だが正直言ってミレーユは半泣きだった。

フレッドが失恋《しつれん》旅行にさえ出なければ。——いや、そもそも歓迎の催《もよお》しに肝試しを提案するあたりがおかしい。ミレーユに対する嫌《いや》がらせとしか思えない。

(ていうか自分も怖いくせにそんなの提案するなってのよ！　大方シルフレイアさまを喜ばせようと無理してカッコつけたに違いないわ)

無責任な兄と、おそらくは何も知らない呑気《のんき》な父が職無しになるのを救うため、自分は亡霊《ぼうれい》の棲む呪《のろ》われた城を探りにいかねばならない。はたして生きてリゼランドに帰れるだろうか？

涙目《なみだめ》になりながら考えこんでいると、リヒャルトがふと口をひらいた。

「今日は風が強いですね」

耳をすますと、たしかに地鳴りのような不気味な音がきこえる。言われて初めて気がついて
ミレーユはひくっと息を飲んだ。

「いっ、いま、変な声しなかった……？」

「さあ……？　風の音でしょう」

まったく気にしていない様子で、リヒャルトはランプで下を照らす。

「足元に気をつけてください」

「うん……」

落ち着かなく左右を見やったミレーユは、唐突《とうとつ》に響《ひび》いたガタンという音に飛び上がった。

「ひぃっ、ななな何ッ!?」

「風ですよ」

突風《とっぷう》がふきつける。壁の上部にはめ込まれたガラスがぎしりときしみ、たまらず悲鳴をあげた。

「いやあああっ！　何っ、おばけ!?　何なのよーっ!!」

「だから、ただの風……」

言いかけて、リヒャルトはようやく気がついたらしい。遠慮《えんりょ》がちに切り出した。

「……あの、もしかして幽霊《ゆうれい》関係が苦手だったりとか……？」

ぎくっ、と身じろぎしたミレーユは、あわてて声をはりあげた。

「や、やあね、そんなわけないじゃない！　三度の飯より幽霊が好きなあたしに何を言うの？

亡霊だろうが何だろうが、どこからでもかかって来いってのよ！　あーははははは」

「…………」

「ははは、は……」

威勢《いせい》の良いせりふと裏腹に腰《こし》は完全に引けてびくびくしている。それを眺めていたリヒャルトは、すこし笑って手をさしだした。

「つなぎます？」

泣きたい思いで空笑いしていたミレーユははたと我に返った。灯《あか》りにぼんやり照らされたリヒャルトの微笑《びしょう》を見て、がっくりと肩《かた》をおとす。

(……ばれた……)

またひとつ恰好《かっこう》悪いところを知られてしまった。なんだか負けた気分だ。

けれどこれ以上見栄《みえ》を張っているのは限界だった。悔《くや》しかったが、ミレーユはためらいながらも結局はおずおずと手をのばした。

灯りの届かない薄闇《うすやみ》でふれあった手は想像したよりはるかに大きく思えた。指が長くて、ミレーユの手はすっぽり包み込まれてしまう。

彼と手をつなぐのはこれが初めてではないが、あらためて意識すると感慨《かんがい》深いものがある。

(男の人の手って、こんなに大きいんだ……)

祖父と仕事仲間のおじさんたちくらいしか大人《おとな》の男性との交流がなかったため、新鮮《しんせん》な驚《おどろ》きだった。父親がいればこういう経験もできたかもしれないが、エドゥアルトの存在を知ったのはつい最近だし、今さらいい歳をして父親と手をつなぐような状況《じょうきょう》にはなかなか至らない。

そう考えると感動すら覚え、ミレーユはかたわらを振《ふ》り仰《あお》いだ。

「手、大きいのね」

「え……そうですか？」

「大きいわよ。ぴちぴちしてるし、指も長いし」

戸惑《とまど》ったような間があった。

「……それは、誰と比べて？」

「うちのおじいちゃん」

リヒャルトは一瞬《いっしゅん》黙《だま》ったあと、おかしそうに笑い出した。

「なに？　なにかおかしいこと言った？」

「いや……」

笑いをこらえ、さりげなく話を変える。

「それにしても、怖《こわ》いなら怖いと先に言ってくれたらよかったのに。無理して嫌な思いすることないですよ」

「言えないわよ……。知られたくないもの、こんな弱点があるなんて。かっこ悪いし……」

ミレーユはきまり悪げにぼそぼそと答えた。ふだん強気を通している分、余計に恰好がつかない。

リヒャルトは少し黙ったあとで口をひらいた。

「ということは、それを知ってるのはもしかして俺だけですか」

「そうよ。だれにも言わないでね。特にジークたちには。あたしたちだけの秘密よ」

リヒャルトはかすかに笑った。

「わかりました」

答えとともに指先をきゅっと握《にぎ》られる。その瞬間《しゅんかん》ふしぎな甘い痛みが胸に走って、ミレーユは戸惑った。

（え……？　なに、いまの）

だが考える間もなく、ふたたびどこかで大きな音が鳴り、戸惑いは吹《ふ》き飛んだ。

「ぎゃっ」

思わず飛び上がるミレーユをリヒャルトは興味深そうに見つめる。

「な、なによ、そんな珍獣《ちんじゅう》でも見るような目で」

「いや……。いつも元気なあなたが、意外だなあと」

「文句あるの!?　リヒャルトにだって苦手なもののひとつやふたつあるでしょっ。ていうかあたしのばっかり知ってずるい！　リヒャルトの弱点もおしえて！」

「弱点って……」

「おばけは？　怖くないの？」

リヒャルトは肩をすくめたようだった。

「怖くないですね。本当に存在しているなら、ぜひともお目にかかってみたいな」

「やっ、やめてよ！　そんなこと言ったらほんとに出てくるんだからッ」

ふるえあがるミレーユを、大丈夫《だいじょうぶ》ですよとなだめて、リヒャルトは首をひねった。

「まあ、弱点といえるかわかりませんが、俺も暗いところは苦手ですよ。あと雷《かみなり》とか」

「えっ。……けっこう、普通《ふつう》ね」

さりげなく失礼なことをいうミレーユに、気を悪くするでもなくリヒャルトはうなずく。

「雷の夜は眠《ねむ》れないから、次の日の機嫌《きげん》は最悪です」

「へぇぇ……」

リヒャルトをまじまじ見つめてつぶやいたミレーユは、ふと思いついて言った。

「じゃあ、今日のお礼に、雷の夜はあたしがリヒャルトの手をにぎっててあげる。そしたら怖くないでしょ？　あたし、雷はわりと得意だから」

リヒャルトは少し目を見開いた。それから照れくさそうに笑った。

「それはどうもありがとう」

「いいのよ。困ったときはお互《たが》いさ、ま……っ」

笑《え》みを返したミレーユは、次の瞬間息をのんで顔をこわばらせた。

つないだ手をぎゅっとにぎられ、リヒャルトはけげんそうに見返す。

「ミレーユ？」

「……い、い、いま、あたしのお尻《しり》、さわった？」

リヒャルトは一瞬《いっしゅん》間の抜《ぬ》けた顔をしたが、心外だというふうに答えた。

「さわりませんよ」

「うそ！　さわったでしょ！」

「この状態で、どうやってさわるっていうんです？」

彼はつないだ片手とランプをもった片手をかかげてみせる。それを見たミレーユはますますもって蒼《あお》ざめた。

「おねがい、さわったって言って！　今なら怒《おこ》らないから!!」

「そう言われても……」

涙目《なみだめ》のミレーユを見てリヒャルトは困惑《こんわく》の表情になる。と、その顔にふと緊張《きんちょう》が走った。

顔をあげて暗い回廊《かいろう》のむこうを見る。そのままじっとうかがうように黙《だま》り込んだのを見てミレーユは半泣きになった。

「急に黙って一点を見つめるのはやめて!!　こんなときに性質《たち》の悪い冗談《じょうだん》――」

「しっ。誰か来る」

「うそ……」

ミレーユは思わずそちらに顔を向けた。が、次の瞬間足元を何かがかすめ、仰天《ぎょうてん》してとびあがった。

「ふぎゃ――――っっっ!!」

ぎょっとしてリヒャルトがふりむく。ミレーユは彼に飛びつくようにしがみついた。

「ど、どうし――」

「いやあああっ、なんかいるぅぅぅぅ!!」

「えっ？　うわ、ちょ、ちょっと——」

勢いあまってふたりはもつれたまま床《ゆか》に倒《たお》れこんだ。

鍵《かぎ》の束が飛び散って、派手な音が回廊にこだました。ランプが床をすべり、やがてあたりは真っ暗になる。

視界が暗闇《くらやみ》にとざされ、ミレーユは恐慌《きょうこう》状態に陥《おちい》った。

「なにこれ、なんで真っ暗なのっ。リヒャルト……リヒャルトはどこ!?」

「し……下です、あなたの……」

「もういやあっ！　だれかっ、だれか灯りつけてよぉ！　ううっ、ひっ、もうやだっ、うちに帰るぅぅぅぅ！」

とうとう泣き出したミレーユの下から抜け出ると、リヒャルトはとりあえず慰《なぐさ》めにかかった。

「ミレーユ、落ち着いて。ここにいますから、泣かないで」

「もうだめよ、あたしたち幽霊《ゆうれい》に呪《のろ》われて、もう帰れないんだわ、だれも悪霊《あくりょう》には勝てないのよ、そうなんだわ」

「しっかりしてください、ミレーユ、こっちを見て」

錯乱《さくらん》のあまりわけのわからないことを口走りはじめるのをリヒャルトは懸命《けんめい》にゆさぶる。だがやはり他《ほか》に気配を感じて、そちらに顔をむけた。

耳を澄《す》ますと、コツ、コツと乾《かわ》いた小さな音がする。

「やっぱり、誰か来る」

リヒャルトが少し緊張した声で言い、ミレーユもそちらを見た。

真っ暗だった視界にぽつんと小さな灯《あか》りが浮《う》かんだ。それは足音とともにゆっくりこちらに近づいてくる。

「ゆっ、幽霊？」

「たぶん人間だとは思いますが……」

しがみつくミレーユの肩《かた》をリヒャルトは抱《だ》き寄せた。拾い集めた鍵の束を床に置くと、そっと剣《けん》の柄《つか》に手をのばす。

近づいてきたのはぼんやりとした白い影《かげ》だった。無言のまま歩いてくるそれをじっと観察していたリヒャルトは、やがて何とも言えない声音《こわね》でつぶやいた。

「あなたでしたか……」

「え――」

知り合いなの、と訊《き》き返そうとしたとき。

にゃーん……、という小さな鳴き声がした。

(――猫《ねこ》？　こんなところに……)

声がしたのはすぐ近くだ。その姿をさがしてミレーユはふりむいた。

気配もないのに、それはいつの間にか背後にいた。暗闇にぼんやりかすむブーツ。その上につながる二本の足。

やめておけと本能が警告する。だが頭とはうらはらに、視線は勝手に上にのぼっていく。

「……………」

その最終地点に血だらけの顔を見つけても、ミレーユののどは悲鳴ひとつあげることはなかった。

悲鳴をあげる余裕《よゆう》すらなく、彼女はすでに夢の世界へと旅立っていたからである。


気がついたのは、いい匂《にお》いがしてきたせいだった。

覚えがある。アルテマリスでは一般《いっぱん》的だという芋《いも》と肉団子のスープの匂いだ。

お腹《なか》が鳴ったので、ミレーユは欲望に忠実に起き上がった。

あたりはすでに薄明《うすあか》るい。もう夜は明けたようだ。

ほっとしてあたりを見回したが、すぐにいぶかしげに眉《まゆ》をよせる。

そこは別邸《べってい》でいつも寝起《ねお》きしている部屋ではなかった。かといってリゼランドの実家とも違《ちが》う。

さほど広くはない室内には十台の寝台《しんだい》が二列に並んでいる。奥には暖炉《だんろ》があり、その向かい側に扉《とびら》がひとつ。

見たこともない部屋だ。わけがわからずにいると、下のほうから男の声がした。

「気がついたか」

「……ここは？」

「白百合騎士団の仮眠室」

親切なだれかが教えてくれても、ミレーユはまだ状況が飲み込めなかった。まだ眠っている

のだろうかとも思ったが、ちょっとだけごわごわした寝具《しんぐ》の肌触《はだざわ》りも、部屋の中にただよう匂いも、いやに生々しい。とても夢の中の世界とは思えなかった。

と、お腹がぐぅと鳴り、ミレーユは我に返った。男の声がさらに教えてくれる。

「隣《となり》にスープが用意してある。セオラスがさっき持ってきた」

「へー、セオラスが」

そう言えばセオラスは騎士団官舎の料理担当だとリヒャルトが言っていた。ミレーユは興味を引かれ、わくわくしながら寝台を抜け出した。

「ねえ、一緒《いっしょ》に食べにいかない？　みんなのぶんもあるんでしょ？」

「いや、私は遠慮《えんりょ》する」

「なんでよ。お腹へってないの？」

「にゃあ」

「にゃあ、って、やあねえ、変な声だして。猫じゃないんだか……ら……」

ミレーユは言葉を切った。

そこにいたのはまさしく猫だった。真っ黒な毛並み、黄金の双眸《そうぼう》をした、二匹《ひき》の猫。行儀《ぎょうぎ》よ

く並んで座り、寝台からおりたミレーユをじっと見つめている。

さっきからしゃべっていたのは猫だったのか。いや、そんなわけはない。

ミレーユはおそるおそる周囲を見回した。

そう広くもない室内に人影《ひとかげ》は見当たらない。姿のない声の主に、だんだんと身体《からだ》が冷えてくる。

「だれなの……、どこにいるの」

ふるえる声を押し出し、問いかけると、ふたつ向こうの寝台の陰《かげ》からだれかが身を起こした。

どうやら彼は床に座っていただけらしい。なぜ床に、という疑問は横において、とりあえず人間らしい彼の後ろ姿にミレーユは少しほっとする。

「北旧城では挨拶《あいさつ》もできず失礼した。私はカイン・ゼルフィード。以後よろしくたのむ、隊長代理」

涼《すず》やかな声でそう言って、彼はゆっくりふりむいた。


耳をつんざくような絶叫《ぜっきょう》が聞こえたとき、リヒャルトはちょうど扉の前まできたところだった。

「ミレーユ!?」

抱《かか》えていた水桶《みずおけ》を投げ捨て、扉をあけて中へ飛び込む。

サロンの隣にある仮眠室ではミレーユがひとりで眠《ねむ》っているはずだった。廊下《ろうか》の突《つ》き当《あ》たりにあるので狼藉者《ろうぜきもの》が入ろうものならすぐにわかるはずだ。

だが中はがらんとしていた。ただひとり、寝台のそばでミレーユが壁《かべ》を背にして立ちすくんでいるだけだ。

目の焦点《しょうてん》が合っておらず、声にならない声であえいでいる。リヒャルトがそばに来たことにも気づいていないようだった。

「悪い夢でも見たようだな」

急に横からいないはずの第三者の声がして、リヒャルトは驚《おどろ》いてそちらを見た。そしてぎょっと息をのんだ。

いつからそこにいたのか、顔面血だらけの男がやけに悠然《ゆうぜん》と寝台に腰《こし》かけている。肩に届きそうな黒髪《くろかみ》はぐっしょりと濡《ぬ》れそぼち、隊服は肩から腹のあたりまで赤黒く汚《よご》れていた。どう見ても即死《そくし》状態としか思えない出血ぶりだが、しかしその表情は平静で、深蒼《ふかあお》の瞳《ひとみ》をじっとミレーユに向けている。

彼の存在のほうこそ悪い夢としか思えない状況だ。リヒャルトは頭をかかえそうになった。

「カイン！　まだその恰好《かっこう》でいたのか」

血まみれの男はようやく気づいたように瞬《まばた》きした。

「……忘れていた。そういえば水浴びにいこうと思っていたところだった」

「早く、今すぐ行ってこい！」

素直《すなお》に立ち上がる男を追い立て、リヒャルトはふりかえった。

「ミレーユ？　しっかりしてください。わかりますか？」

軽く頬《ほお》をたたくとミレーユははっと息をふきかえした。目の前にいるのがだれかわかって反射的にしがみつく。

「い、いっ、いま、ゆゆゆゆ幽霊《ゆうれい》っ」

「幽霊じゃありません。ちゃんとした人間ですよ、一応」

なだめるように言ったとたん、部屋を出て行こうとしていた血まみれ男がくるりと振《ふ》り向いた。

「一応とは失敬だな。二十二年も人間として生活してきた者に対して」

ひぃっ、とミレーユが硬直《こうちょく》する。リヒャルトは声をはりあげた。

「いいから、頼《たの》むから早く顔を洗ってきてくれ」

「しかし、せっかく隊長代理が目を覚ましたのだし、まず挨拶をしたいのだが」

カインは大まじめな調子でそう言い、顔にかかった前髪をかきあげた。そのまま指にからまった髪が、ずるり、とすべるように後ろへずれる。ミレーユはまたも絶叫した。

「いやあああああっ、頭がっ、頭があああっ！」

「カイン！　挨拶はあとでいいから、早く――」

あせってカインのほうをふりかえったリヒャルトは、腕《うで》にかかえた身体から力が抜《ぬ》けたのに気づいて口をつぐんだ。

「……ミレーユ？」

——隊長代理はその日二度目の夢の世界に旅立っていた。


その日、エドゥアルトが別邸に戻《もど》ったのは昼を過ぎたころだった。

普段《ふだん》は領地で暮らしていても、たまに都に戻れば当然付き合いというものがある。彼はあまり政治的な宴《うたげ》や会合が好きではなかったが、都で暮らす息子《むすこ》の不利益になってはならないという思いから、なるべく時間がゆるす限り出席するようにしていた。

それでもどんなに遅《おそ》くなっても夜明け前には帰宅するのが自分に課した決まりごとだった。普段は離《はな》れて暮らす息子や娘《むすめ》と、ともに朝食をとることを至上の喜びとしているからだ。

だから今日のように外泊《がいはく》するのはしごく珍《めずら》しいことといってよかった。彼はいそいそと馬車をおりると、出迎《でむか》えた執事《しつじ》とともに足早に玄関《げんかん》へ入った。

「ミレーユはもう王宮にいったのかい？　ゆうべはさぞ寂《さび》しがっていただろう」

気遣《きづか》わしげに娘の部屋がある方向を見やる主人に、執事のロドルフはかしこまって答える。

「いいえ。お嬢様《じょうさま》は昨夜、お帰りになっておられません。王宮に宿直なさいましたので」

「ああ、そうか。王宮に……」

相槌《あいづち》を返そうとしたエドゥアルトは、言われた意味に気づいてふとふり向いた。

「……なんだって？」

「ですから、王宮に宿直を」

あくまで冷静にくりかえす執事を穴の開くほど見つめたエドゥアルトは、やがてふるふると震《ふる》えはじめた。

「ミ……ミレーユが外泊したというのか？　父である私の了解《りょうかい》もなく？」

「はい。急に決まったとのことでリヒャルト様からお手紙が届いております」

公爵《こうしゃく》とは長い付き合いの彼は、主人の取り乱すさまにも動じることなく手紙を差し出す。

ひったくるように受け取り文面を追ったエドゥアルトは、みるみる目を血走らせた。

それには、王太子の命令で急遽《きゅうきょ》夜の任務につくことになったことと手紙で報告することの詫《わ》び、そして自分が一緒についているので心配しないようにとの旨《むね》が書《か》き添《そ》えられていた。

「なんということだ！」

手紙をにぎりつぶし、エドゥアルトは蒼白《そうはく》な顔で叫《さけ》んだ。

「あんないたいけな乙女《おとめ》を夜に働かせるなんてっ。しかもリヒャルトと一緒って、まさかふたりきりでか!?　なんという危険な任務をさせるんだ、王太子殿下《でんか》め！」

「ご一緒だったのがリヒャルト様なら特に問題はないと思われますが」

「未婚《みこん》の男女が一夜をともに過ごしたんだぞ、問題大ありじゃないか！　こっちは老貴族たちのどうでもいい自慢《じまん》話を一晩中聞かされていたというのに、リヒャルトはミレーユとふたりでいちゃいちゃべたべた楽しく過ごしていただなんて！　そんなことがゆるされると思っているのか!!」

王太子の婚約披露《ひろう》の舞踏会《ぶとうかい》で娘に手を出しかけたリヒャルトに、彼は最近目を光らせていた。息子の親友でもあるし昔からかわいがってきたが、それとこれとは話は別である。

「旦那《だんな》様、やきもち妄想《もうそう》もいい加減になさいませ。おふたりはお仕事をされていたのですよ」

ロドルフは冷静にたしなめたが、エドゥアルトの暴走はもはや止められるものではなかった。

「そもそも王宮は好色や助平《すけべい》男どもの巣窟《そうくつ》じゃないか。そんなところで夜の仕事だなんて、ミレーユの身にもし何かあったらどうするんだっ。ああ、心配だ。とにかく王宮に行かねば。ミレーユの無事をこの目で確かめるまでは死んでも死にきれない!」

激しくうろたえながら回れ右して玄関に向かう主人を止めるでもなく、ロドルフは「行ってらっしゃいませ」と慣れた様子で見送った。

ベルンハルト公爵が滅多《めった》に使わない剣《けん》をたずさえて別邸《べってい》を出る、少し前。

二度目の失神から息をふきかえしたミレーユは、リヒャルトに運んできてもらったスープで遅い朝食をとりながら、さっきまで血まみれだった男とあらためて対面していた。

カイン・ゼルフィード子爵《ししゃく》。王妃《おうひ》の実家である名門ヴェンデンベルト侯爵家の出身にして白《しら》百合騎士《ゆりきし》団の副長である。リディエンヌ誘拐《ゆうかい》事件の折にはフレッドとともに都を離れていたそうだが、幹部というだけあってミレーユの身代わり事情は耳に入っているようだ。

頬にかかる銀の髪を払《はら》いもせず、肘《ひじ》掛《か》けにもたれて気だるげに窓の外を見ている彼は、明るいところで見てみればなかなかの貴公子ぶりだった。物思いにしずんだ横顔には憂愁《ゆうしゅう》があり、少し冷たそうな印象はあるものの、夜会に出れば間違《まちが》いなく婦人たちの視線を集めそうな顔立ちだ。

――ただし、黒猫《くろねこ》を頭の上にのせていなければ、だが。

セオラス特製のスープはとびきりのおいしさだったが、どうにものどを通らないのは、黒猫にじっと観察されているせいだろうか。

団長の副官、つまり秘書官であるリヒャルトに比べれば、副団長のカインは公的な地位も権限も段違いに上である。だが初対面の印象が不気味すぎたせいで、ミレーユにはただの「あぶない人」にしか思えない。

目が合わないようリヒャルトの肩越《かたご》しにちらちら窺《うかが》っていると、苦笑《くしょう》まじりの声がふってきた。

「少し変わったところはありますが、悪い人間じゃないのでそんなに怯《おび》えなくても大丈夫《だいじょうぶ》ですよ」

「怯えるわよ。そしていろいろ突っ込みたいことがありすぎるわよ。なんでさっきは血だらけだったんですかとか、なんでさっきは黒髪だったのに今は銀髪《ぎんぱつ》なんですかとか、なんで頭に猫をのせてるんですかとかっ」

ミレーユは椀《わん》とさじを持ったまま小声でぶちまけた。

疑問の答えはすでに聞いた。王宮で女官たちが開く怪奇《かいき》集会に呼ばれ、演出のために血糊《ちのり》をかぶったこと。暗いところでは銀髪は目立つため、こだわりとして夜は黒髪の鬘《かつら》を装着していること。黒猫は大切な友人であること。

だがぜんぶ説明されたところで、突《つ》っ込みたいという欲求はまったく消えはしなかった。

「まずいわよ。白百合騎士団、すごくまずいわ。団長は職務放棄《ほうき》の風来坊《ふうらいぼう》だし、副長もなんか変人っぽいし、他《ほか》のやつらも筋肉見せびらかしてる露出《ろしゅつ》男ばっかりだし。まともなのってリヒャルトしかいないじゃない。どうするのよ」

「変人って……ちょっと人より霊感《れいかん》が強いだけですよ」

ミレーユにしてみればそれが一番の危険要素なのだが、リヒャルトは慣れているのか平然としている。

「まあ、最初は戸惑《とまど》うかもしれませんね。彼は人の顔を区別するのにその人に憑《つ》いている守護霊で判別しているらしいので。そのうち慣れるとは思いますが」

「な、なにそれ」

冗談《じょうだん》でしょ？　と笑おうとしたミレーユは、眠《ねむ》そうな顔をして黙《だま》っていたカインが急にこちらを見たので、びくりと身をすくめた。

「人間の顔を覚えるのは難しいな。霊とならすぐに打ち解けられるんだが……」

カインは物憂《ものう》げな目をして嘆息《たんそく》し、あらたまったように言った。

「なにはともあれ、これからよろしく頼《たの》む。クリスティーヌの宿主殿」

「……クリス……?」

いぶかしげにつぶやくミレーユの肩《かた》のあたりを、カインはじっと見つめている。

どうやら背後では『クリスティーヌ』なる霊が守護してくれているらしい。そんな事実を教えてくれたカイン・ゼルフィードは、ミレーユの中で第一級危険人物に認定されることになった。

みるみる蒼《あお》ざめるミレーユにかまわず、彼は黒猫に命じて紙切れを渡《わた》してきた。何かの地図のようだ。

「——印がついているところはもうすでに回っている。姫《ひめ》はじっくり堪能《たんのう》する方なので、一晩に一つか二つしか回れない。ゆっくりやっていいと思う」

「……へ?」

「フレッドがいない間、彼が代わりにシルフレイア姫の護衛をしていたんです。それで姫のお供をいつもしていて」

リヒャルトに教えられ、ミレーユはまじまじとカインを見た。ここにも風来坊な兄の犠牲《ぎせい》になっている人がいると思うと急激に申し訳ない気持ちがこみあげてくる。変人などと暴言をはいたりして、すまないことをしてしまった。

「そうだったの。あなたにも迷惑《めいわく》かけてるのね。ごめんなさい」

カインは、ふいとこちらに目をむけた。

長い前髪からのぞく蒼の瞳《ひとみ》は茫洋《ぼうよう》としてとらえどころがない。もしかしてフレッドの分まで仕事をしているせいで寝不足《ねぶそく》なのだろうか。だからこんなにもぼんやりとして眠そうなのかもしれない。

「いいんだ。夜の散歩は私の趣味《しゅみ》でもあるから」

「そうなの？　ええと、じゃあ、シルフレイアさまも一緒《いっしょ》に夜の散歩をしてるってこと？　ていうかこの地図はいったいなに？」

「城の心霊《しんれい》地点」

淡々《たんたん》と即答《そくとう》され、姫の情報を得ようとやる気になりかけたミレーユは瞬時《しゅんじ》に凍《こお》った。

「全部めぐって、その見聞録を書物に残したいそうだ。題名は『血塗《ちぬ》られた城　シャンデルフィールの百夜物語』」

「…………」

「大丈夫だ。この城に亡霊《ぼうれい》は多々棲息《せいそく》しているが、人間に害をなすものは今のところいないから」

ミレーユの顔色が白くなった。リヒャルトがあわてて間に入る。

「あまり脅《おど》かさないでくれ。また失神させたいのか？」

「……すまない。助言のつもりだったんだが」

一応詫《わ》びたところをみると、それなりに気にはしていたのだろう。そこでカインはようやく思い出したようにミレーユを見て、つけ加えた。

「それで、黄薔薇《きばら》の宮に来て欲しいそうだ。昨夜のことを謝りたいと言っておられた。脅かすつもりはなかったと――」

「……え？」

そこで初めて、自分を失神させた一味のひとりが件《くだん》のシルフレイアであることをミレーユは知ったのだった。


シルフレイアが滞在《たいざい》している貴賓館《きひんかん》は、もとは『黄薔薇の宮』という宮殿の一つだった。国花であり国の紋章《もんしょう》にも描《えが》かれている薔薇。その名を冠《かん》する宮殿《きゅうでん》に住むことができるのは国王の子どもたちだけである。現在黄薔薇の宮の住人はなく、シルフレイアのように王族に連なる客のための滞在施設《しせつ》になっているという。

「――なんだか、ずいぶん賑《にぎ》わってるのね」

回廊《かいろう》の入り口をのぞきこんだミレーユは思わずつぶやいた。

フレッドと入れ違《ちが》いで王宮に入ったというシルフレイアに挨拶《あいさつ》するためやってきたのだが、正直なところ意外だった。これまでの印象からしてひとけのない静まりかえった場所で生活していると勝手に想像していたが、黄薔薇の宮に通じる回廊には貴族の男女が行き来し、あちらこちらで談笑《だんしょう》している。サロンのある『青の宮殿』にはおよばないが、ごくふつうの王宮の風景に見えた。

廊下《ろうか》を進んでいくと扉《とびら》の前に長い列ができている。並んでいるのは妙《みょう》に緊張《きんちょう》した面持《おも》ちの貴婦人や、澄《す》まし顔の紳士《しんし》たちだ。何かの順番待ちでもしているらしい。

最後尾《さいこうび》に並んだほうがよいのだろうかと考えていると、リヒャルトは取り次ぎの女官と二言、三言話してからミレーユのところに戻《もど》ってきた。

「ちょうど休憩《きゅうけい》に入られるそうです。行きましょう」

「休憩……？」

意味がわからず、首をかしげつつ彼の後に続く。

案内されたのは広い窓から庭が見渡《みわた》せる居間だった。笑顔《えがお》で迎《むか》えてくれた女官たちに微笑《びしょう》を返したミレーユは、こちらに背を向けて座っていた小柄《こがら》な少女が立ち上がったのに気づいた。

静かにふりむいたのは、人形めいた冷たい美貌《びぼう》の、どこか神秘的な雰囲気《ふんいき》のある少女だった。華奢《きゃしゃ》な身体《からだ》を深緑色のドレスにつつみ、長い黒髪は結《ゆ》わずにまっすぐたらしている。切りそろえられた前髪の下にある瞳はドレスと同じ色をしていた。年の頃《ころ》はセシリアと同じ、十三、四くらいだろうか。

「シルフレイア姫です」

リヒャルトのささやきに、ミレーユは驚《おどろ》いて彼女を見つめた。十八歳のはずだがとてもそうは見えない。言われなければ彼女がシルフレイア姫だとは気がつかなかっただろう。

歩み寄ってきた彼女は、まじまじと見入ってしまっているミレーユをまっすぐ見つめ返してきた。

一見まだ幼い姫なのに、その深緑色の瞳はひどく大人《おとな》びていた。老成しているといってもいいかもしれない。何でも見透《みす》かされそうな気がして少しどきりとする。

「おひさしぶりですね、伯爵《はくしゃく》。その節はお世話になりました」

彼女は、幼さの残る声に似つかわしくない落ち着いた響《ひび》きでそう挨拶した。

フレッドと入れ違いだと聞いたから勝手に初対面だと思い込んでいたが、面識があったらしい。ミレーユはあわてて笑顔をつくった。

「あ……、はい。お久しぶりです。お元気そうですね」

シルフレイアの瞳にかすかに怪訝《けげん》そうな色がうかぶ。しかしだれにも悟《さと》られないうちに、彼女はまたもとの無表情にもどった。

「昨夜は驚かせてしまったようですね。申し訳ありませんでした」

「い……いえ……」

「そういえばラドフォード卿《きょう》もご一緒でしたね。廊下の真ん中に座り込んで抱《だ》き合っておられましたが、相変わらず仲がよろしいのですね」

ミレーユはアハハと笑ってごまかした。

「いやあ、まさかあの白い幽霊《ゆうれい》が姫だとは……」

「白いショールを被《かぶ》ってはいましたが、幽霊ではありません」

シルフレイアはにこりともせず、淡々と訂正《ていせい》する。無愛想《ぶあいそう》というわけではなくどうやらこれが地顔らしい。血まみれのカインと夜の王宮を歩いても失神しなかった彼女は、見た目と違って肝《きも》の据《す》わったお姫様のようだ。

シルフレイアは一同に席をすすめると、正面に座ったミレーユをまたもまっすぐ見つめた。そうやって目を合わせるのが癖《くせ》のようだが、小柄でほっそりした少女なのに、ある種の迫力《はくりょく》のようなものを感じる。

「急なご用事で国外に出られたとうかがいましたが、お戻りになったということは例の件を引き受けていただけるということでしょうか」

「――例の件、とは？」

「お約束したでしょう。一年前に」

深いまなざしでシルフレイアはじっとミレーユを見る。どうやらフレッドと彼女との間で何か約束事があったらしい。

「姫《ひめ》、それは伯爵との縁談《えんだん》の件ですか？」

言葉に詰《つ》まるミレーユに代わりリヒャルトが訊《たず》ねる。シルフレイアは彼をちらりと見、ゆっくりうなずいた。

「わたしが困ったときには必ず助けになると伯爵はおっしゃいました。わたしは今とても困っています。伯爵が結婚《けっこん》してくださらないと大変なことになるのです。そういうわけですので、わたしと結婚してください」

口調はしごく淡々としていたが、内容はとんでもないものだった。

いったん嘘《うそ》の縁談を引き受けながらも土壇場《どたんば》で逃《に》げ出したという兄の行動の真理がわかって、ミレーユは頭に血をのぼらせた。

(あのバカ……。なにが失恋《しつれん》旅行よ。軽口に本気で対応されたから困って逃げただけじゃない！　適当に調子のいいことばっかり言い散らすからこんなことになるのよっ！)

かつてこれほど八方美人な兄を心底呪《のろ》ったことがあっただろうか。いや、ない。

「わたしとの結婚は、お嫌《いや》ですか？」

まっすぐに見つめられ、ミレーユはごくりとのどを鳴らした。

ジークはあくまでフリだと言っていたが、当のシルフレイアがこうも乗り気ではあっさり断るわけにもいかない。健気《けなげ》に信じていた彼女を奈落《ならく》に突《つ》き落とすようなものではないか。

悶々《もんもん》と思い悩《なや》むミレーユに代わって答えたのはやはりリヒャルトだった。

「姫、陛下より事情はうかがっておりますので、縁談候補として姫の護衛にはあたらせていただきます。しかしながら正式な婚約《こんやく》となると、伯爵の一存ではお答えできかねます」

シルフレイアはゆっくりと彼に視線をうつした。

そのまましばらく黙《だま》っていたが、やがて小さくうなずく。

「わかりました。ラドフォード卿がそこまでおっしゃるのなら」

「あ、あの！」

傷つけてしまったような気がして、ミレーユは思わず身を乗り出した。

「今ははっきりとしたお返事はできませんけど、でもアルテマリスにいらっしゃる間は責任もって付き添《そ》いますから。わたしに出来ることなら力になりますし、遠慮《えんりょ》なく何でもおっしゃってくださいね」

フレッドが帰ってきたら屋根から逆さ吊《づ》りにするくらいは当然やってやるつもりだが、彼女には何の罪もないのだ。わざわざ遠い国から訪《おとず》れているのだから、せめて滞在中くらいは楽しい思いをしてもらいたい。

シルフレイアはふたたび黙り込んだ。何かをしきりに考えているようにも見える。

やがて顔をあげた彼女は、相変わらずひんやりとした無表情で言った。

「今のお言葉でますます好きになりました。やっぱり結婚してください」

その報《しら》せは稲妻《いなずま》のように王宮をかけめぐった。

いたるところで女官や貴婦人が卒倒《そっとう》し、野心ある若者たちは悔《くや》しがった。

そしてベルンハルト伯爵のもとには、一通の手紙が届けられた。

薄桃色《うすももいろ》の便箋《びんせん》を開いたミレーユは軽く顔をひきつらせた。

「……なんか、呼び出しくらったんだけど」

それは『白薔薇乙女《しろばらおとめ》の会』からの手紙だった。緊急《きんきゅう》集会をするので来て欲しいと書いてある。

ベルンハルト伯爵がコンフィールドの公女とひそかにお見合いしたらしいという噂《うわさ》はすでに

王宮中に広まっていた。当然この呼び出しの理由もそれだろう。

ただでさえシルフレイアの求婚《きゅうこん》に頭を悩ませていたというのに。いくら庶民《しょみん》とはいえ、これが国同士の重要な問題であることくらいわかる。一国の主になろうとしている姫からの熱烈《ねつれつ》な求婚を、はたしてどう断ったらいいものか。いや、断ってもいいものか？

姫の力になってあげたいのは本心だが、こちらは下町育ちのしがないパン屋の娘《むすめ》なのだ。できることとできないことがある。

そして今度はそれを理由に親衛隊からつるし上げられるのだ。呼び出しの目的はそれしか考えられない。きっといま鏡をのぞいたら女難の相が出ているに違《ちが》いない。

ミレーユは頭をかかえそうになったが、手紙をのぞきこんでいた騎士《きし》たちが無言で壁《かべ》にかけてあった盾《たて》や剣《けん》を装備しはじめたのを見て目をむいた。

「なにしてんの!?　ていうかなにするつもりなの」

「決まってんだろ。戦争だ」

相変わらず上半身裸《はだか》だった騎士たちは、淡々《たんたん》と服を身に着け、剣帯をひっぱりだす。

「あ、聖堂に行ってる時間ねえや。ま、いっか。今回の戦勝祈願《きがん》は省略ってことで」

「心の中で祈《いの》っときゃいいんだよ。神様だってゆるしてくれるよ」

「神様おねがいします。今日は乙女《おとめ》たちに勝てますように」

「一勝くらいしたいです。おねがいします」

「おいおまえら、卑屈《ひくつ》になるなよ。この前は引き分けまで行っただろ」

「ちょっと！」

たまらずミレーユは割って入った。どこまで本気かわからないこの連中につきあっていたらきりがない。

「あんたたち、いつも白薔薇乙女とケンカしてるの？　しかも全敗？」

呆《あき》れるミレーユに、セオラスはいかめしい顔を向ける。

「あいつらの恐《おそ》ろしさは予想以上だぞ。リヒャルトなんかいつもひどい目に遭《あ》わされてる。なあ？」

言われてそちらを見ると、リヒャルトが微妙《びみょう》に憂鬱《ゆううつ》そうな顔で黙り込んでいる。

「フレッドと一番付き合い長いし、いつも一緒《いっしょ》にいるからな。目の敵にされてんだよ」

「そんな理由で……？」

気の毒すぎる。こちらが思っている以上にリヒャルトが苦労人なのは間違《まちが》いないようだ。申し訳ない気持ちになって彼を見つめていると、セオラスがひそひそと耳打ちしてきた。

「だからあいつ、女嫌《おんなぎら》いなんだ」

「そうなの？」

「そう。かわいそうだろ。ここはひとつ、お嬢《じょう》の力でなんとかしてやってくれよ。他の女にゃ見向きもしないんだから――」

「セオラス」

リヒャルトの声がさえぎる。内緒話《ないしょばなし》が聞こえていたのかどうか、彼は憮然《ぶぜん》として手紙を卓《たく》に置くと、ミレーユを見た。

「どうします？　断るなら返事を出しますが」

「あ……ううん」

セオラスからの情報を整理していたミレーユはぼんやりとしていたが、我に返って首をふった。

「行くわ。あんまり行きたくないけど。断ったらますます収拾《しゅうしゅう》つかなくなりそうだし」

「まあ、確実にサロンに討《う》ち入りしてくるだろうな」

さらりと言って、セオラスはミレーユの肩《かた》をぽんとたたく。

「心配すんな。俺らもついて行くし、お嬢には手出しさせねーからさ」

いつになく頼《たの》もしい言葉に、ミレーユはちょっとだけ安心してうなずいた。


『妖精《ようせい》の箱庭』――。

白薔薇乙女の会の集会所である。彼女たちの崇《あが》める伯爵《はくしゃく》によって命名されたというそのサロンは、貴族たちのサロンがあつまる青の宮殿《きゅうでん》と庭をはさんだ向かい側、後宮にほど近い『水仙《すいせん》の宮』にあった。

出迎《でむか》え当番の乙女に案内されて中へ入ると、鮮《あざ》やかな色彩《しきさい》が目に飛び込んできた。競《きそ》うように着《き》飾《かざ》った会員たちのドレスの色だ。

「こ、こんにちは」

ぎくしゃくと手をあげて挨拶《あいさつ》する。とたん、

「ようこそ、フレデリックさま！」

居並ぶ乙女たちが黄色い声をそろえて答えた。

完璧《かんぺき》に統率《とうそつ》のとれた彼女たちに圧倒《あっとう》されつつ、もっと荒《すさ》んだものを想像していたミレーユは内心ほっと胸をなでおろした。部屋に入るなり袋叩《ふくろだた》きにされるとばかり思っていたのだ。

（なんか……びくびくして損したかも）

意外にお行儀《ぎょうぎ》の良い乙女たちを見て少し警戒《けいかい》心をといたときだった。

バタンと音をたてて扉《とびら》が閉まり、ミレーユは驚《おどろ》いてふりかえった。

後ろにはリヒャルトはじめ騎士の面々が続いていたはずである。しかし彼らの姿はなく、閉《と》ざされた扉の前には三人の乙女たちが立ちはだかっている。

（…………え？）

頰《ほお》をひきつらせるミレーユに、目があった乙女たちがにっこりと笑った。

「フレデリックさま以外の殿方《とのがた》はご遠慮していただきましたわ」

「乙女の集《つど》いには邪魔《じゃま》ですものね」

口々に言う彼女たちの背後で、外から扉をたたく激しい音がした。

「開けてください！　いったい何を——」

「さあさ、赤の他人は捨て置いて、みなさま始めましょう」

リヒャルトの叫びにかぶさるように、朗々《ろうろう》とした声がひびいた。

押されるようにして前に進むと、部屋の中央にやけにきらびやかな装飾《そうしょく》の長椅子《ながいす》があった。どうやらそこがフレッドの席らしい。

「では、白薔薇乙女の会、緊急集会をはじめます。まずはフレデリックさまよりお言葉をいただきます」

部屋中からいっせいに視線が集まり、急に話をふられたミレーユは浮き足立った。

「えっ？　あ、えーと、本日はお日柄《ひがら》もよく、みなさん、ご、ご機嫌《きげん》うるわしく……」

この挨拶はないだろうと自分でも思うが、お言葉をいただくと急に言われてもいったい何を言えばいいかわかるわけがない。

乙女たちは眉《まゆ》をひそめ、ひそひそとささやきあっている。挨拶のひとつもできないしどろもどろの伯爵を不審《ふしん》に思ったのかもしれない。

進行役らしい乙女がざわめく会員たちを制す。それからあらたまったようにミレーユを見つめた。

「フレデリックさま。わたくしたちは動揺《どうよう》しております。フレデリックさまがそのように上の空でいらっしゃるのは、やはりコンフィールドの公女が原因なのですか？」

「い、いえ、そんなことはないです。これは単にわたしの修業《しゅぎょう》不足で」

「……やはり、そうなのですね」

彼女はため息まじりに言うと、会員たちのほうへ身体《からだ》を向けた。

「みなさん、お聞きになりましたわね。自信の塊《かたまり》のようなフレデリックさまがあのように謙虚《けんきょ》なご発言をなさるなんて、天変地異の前触《まえぶ》れとしか思えません。やはりフレデリックさまは魔《ま》女《じょ》の術中にはまっておられるのです！」

ざわっ、と部屋の空気がゆれた。わけがわからずにいるミレーユに悲痛な声が飛ぶ。

「魔術でフレデリックさまをたぶらかすなんて、ゆるせませんわ！　あの性悪魔女！」

「あんな呪《のろ》われた女なんかにフレデリックさまは渡《わた》さないわ」

「みんなで抗議《こうぎ》しにまいりましょうよ。一度思い知らせてやらなくては」

次々と飛び出す過激な発言をきいて、呆気《あっけ》にとられていたミレーユは思わず声をあげた。

「魔女って……まさかシルフレイアさまのこと？」

たしかに神秘的で独特の雰囲気《ふんいき》はもっていたし、おとぎばなしの舞台《ぶたい》になった国に住んでいる人だが、それがなぜ魔女になるのかがわからない。

フレッドを取られたくないという乙女心《おとめごころ》がまったく理解できないわけではないが、そのせいでシルフレイアが意味もなく貶《おとし》められるのは我慢《がまん》ならなかった。

「そういう言い方はやめてください。シルフレイアさまは何も悪くないんだから。純粋《じゅんすい》で一途《いちず》なかわいい方なんですよ」

しん、と部屋が静まりかえった。

乙女たちは呆《ぼう》けた顔でミレーユを見ている。そう間違ったことを言ったつもりはないのだが、よほど予想外だったようだ。

やがて、進行役の乙女《おとめ》が思いつめた顔で切り出した。

「こうなったら最終手段ですわ。魔女の術がとけないのなら、力ずくでも取り戻さなければ。それがわたくしたち白薔薇《しろばら》乙女《おとめ》の務め……」

彼女の瞳《ひとみ》がきらりと光る。

「そう。たとえ既成事実《きせいじじつ》をつくってでも……！」

「……え？」

ミレーユはいぶかしげに訊《き》き返したが、耳聡《ざと》い会員たちにはしっかりその単語が届いたらしい。

天のお告げをきいたかのように一瞬呆然《いっしゅんぼうぜん》としたあと、妙《みょう》に納得《なっとく》したような顔をして各々つぶやきはじめた。

「そうですわね……もうこうなったら手段を選んではいられませんものね……」

「他のだれかに取られる前に、手っ取り早くやったほうが……」

「既成事実さえあれば、お父様も結婚《けっこん》をゆるしてくださるでしょうし……」

口々に言いながらじりじりとにじり寄ってくる。瞳が異様な光を浮かべているのを見て、ミレーユは思わず腰《こし》を浮かせた。

彼女らが何を言っているのかはよくわからないが、本能が危険を告げている。

「フレデリックさま、わたくし素晴《すば》らしい妻になりますわっ」

「いいえ、伯爵夫人の座はわたくしのものよ！」

「ちょっと、わたくしが先よ！」

「何おっしゃるの、早いもの勝ちでしょ！」

（ひー!!）

言い争う乙女たちから身を翻《ひるがえ》し、ミレーユは脱兎《だっと》のごとく扉へと走った。だが数に勝てるわけもなく、退路をふさがれ、たちまち壁際《かべぎわ》に追い詰《つ》められてしまう。

獲物《えもの》を狙《ねら》う獣《けもの》の目をした乙女たちにぐるりと周りを取り囲まれ、ミレーユは蒼《あお》ざめた。

「み、みなさん、ちょっと落ち着いて。ね、みんなで一度深呼吸しましょう、ねっ」

必死にうったえるも、乙女たちはまったく聞いていなかった。

「受け止めてくださいっ、わたくしの白薔薇《しろばら》の君――――！」

誰かの叫びをきっかけに、悲鳴と絶叫《ぜっきょう》が交錯《こうさく》する。乙女の園《その》はまたたく間に凄惨《せいさん》な狩《か》り場と化した。


五度目の呼びかけにも返事がなかったので、リヒャルトは思い切って扉を開けてみた。

仮眠《かみん》室の中は昼間だというのに妙に薄暗《うすぐら》い。カーテンが全部引かれているのだ。ミレーユの姿は見当たらず、入りますよという呼びかけにも返答はない。

不審に思いながらも、とりあえずカーテンを開けようと窓辺に歩み寄る。

「開けないで」

突然《とつぜん》下のほうから声がした。

声をたよりに目を凝《こ》らすと、奥の寝台《しんだい》と壁《かべ》の間の狭《せま》い空間に膝《ひざ》をかかえた人影《ひとかげ》がある。

リヒャルトは息をついた。姿を見つけてほっとしたのと、あまりに元気のない声が心配になったのと、半々の気分で歩み寄る。

「そんなところにいないで、寝台に座ったらどうです？　床《ゆか》は冷たいでしょう」

「……」

「開けますよ、窓」

「だめ！」

鋭《するど》く制されて、リヒャルトは振《ふ》り返った。

「どうして？」

「……なるべく暗いところにいたい気分なの」

リヒャルトはため息をつき、ミレーユのとなりに腰をおろした。

「すみませんでした。まさかあそこまで暴走するとは思わなくて」

手出しはさせない、と珍《めずら》しくカッコよく決めながらあっさり乙女たちに締《し》め出された騎士団《きしだん》は、すぐさま二手に分かれて救出作戦を実行した。だが突入《とつにゅう》した時にはすでに中は修羅場《しゅらば》と化しており、髪《かみ》をふりみだした乙女たちがひとりの男をめぐってキーキー罵《ののし》りあうという、あまり目にしたくない光景に呆然《ぼうぜん》となったものだ。

そんな彼女たちをかきわけて進んだ先にいたミレーユは、髪をぐしゃぐしゃに乱しシャツの前をかきあわせるようにしてうずくまっていた。激しく息を切らしていた彼女が蒼ざめた顔をあげたとき、今にも瞳から涙《なみだ》がこぼれそうになっているのを見て、こちらまで乙女たちの暴走に寒気を覚えてしまったほどだ。

とっさに抱《だ》き寄せて乙女たちの視線から涙を隠《かく》しながら、また泣かせてしまったという自責と悔恨《かいこん》が胸に広がるのをとめることができなかった。

「……よってたかって服をむしられたわ。シャツを破ろうとする人までいたのよ。ボタンが飛び散ったときはもうだめかと思ったわ」

ミレーユは鬱々《うつうつ》とつぶやいた。今にも死んでしまいそうな声だ。落ち込んで部屋に閉じこもる時の彼女はいつもこうなのだろうかと、リヒャルトは遠慮《えんりょ》がちに横目でうかがう。

「恐《おそ》ろしい……本当に恐ろしい人たちだわ……。我先にキスしようとしてくるし……。ああ……ほっぺに感触《かんしょく》が残って……もうお嫁《よめ》にいけない……」

「そんな、大げさな――」

「何が大げさなの⁉」

「す、すみません」

いきなりかみつかれてリヒャルトは思わず謝ってしまった。

よくよく見れば、落ち込んで泣いていると思いきやミレーユはもうその段階を超《こ》えており、怒《いか》り狂《くる》っているところだったのだ。

「だいたい貴族の令嬢《れいじょう》があんなにふしだらな貞操《ていそう》観念でいいわけ!? そりゃあたしはお貴族様のそういう事情に詳《くわ》しいわけじゃないけどね、でも他《ほか》の女にとられる前に男を襲《おそ》って自分のものにしようなんて、年頃《としごろ》の女の子としてどうかと思うわよ。さすがに下町にもそんな子はいなかったわ。あたしってつくづく狭い世界を生きていたんだって、襲われながら妙に感慨《かんがい》にふけっちゃったわよ。おかげで逃《に》げ遅《おく》れたわけだけど」

「……はあ」

あまりの回復ぶりに圧倒《あっとう》され、どうやって慰《なぐさ》めようかと思案しながらここまで来たリヒャルトは拍子抜《ひょうしぬ》けしたように相槌《あいづち》をうった。

「なによ、その生返事はっ。リヒャルトにあたしの気持ちがわかるの？　見た目だけならか弱そうな女の子たちに集団で襲われたこの乙女の気持ちがっ！」

ミレーユは悔《くや》しげに自分の膝を拳《こぶし》でたたく。

「あれが男だったなら問答無用で返り討《う》ちにもできたけど、さすがに女の子相手に手を出すわけにはいかないじゃない。その甘さを突《つ》かれたのよ。そうよ、甘かったわ。自分を守るためなら時には心を鬼《おに》にしなきゃいけないこともあるってことを忘れてた。あたしだって人並にそういう夢は持ってるわ。初めてのキスは好きな人としたいってがらにもなく思ってるわよ。悪い!?」

「いえ……悪くないです……」

「もてないながらも大事に守ってきたのに、それを無理やり奪《うば》おうなんて非道にも程《ほど》が――」

熱く語っていたミレーユはふと口をつぐんだ。女心がつかめずたじたじしているリヒャルトの頬《ほお》に、うっすらと細い傷が走っているのを見つけたのだ。

「……リヒャルト、それどうしたの」

指でふれて教えると、リヒャルトは今気づいたように、ああ、と息をついた。

「さっき白薔薇のサロンに突入したときにやられたんでしょう。そういえば引っかかれたような覚えがあります」

「えっ。消毒とかした？」

「別にこれくらいどうってことは……」

「何言ってるのよ、もったいない！　傷が残っちゃったらどうするの？　あなたね、そんなにかっこいいんだから、もっと気をつけなきゃだめよ」

憤然《ふんぜん》と言われ、ほめられたのか怒《おこ》られたのか判断がつかずリヒャルトは曖昧《あいまい》に笑った。

一方のミレーユはそんな彼をまじめな顔で見つめた。セオラスに言われたことを思い出したのだ。

「リヒャルトの女嫌《おんなぎら》いって、やっぱり白薔薇乙女が原因なの？」

突然思ってもみなかったことを言われ、リヒャルトは面食《めんく》らう。

「え……？　女嫌い？」

「そうなのね？　いつも今日みたいにフレッドを庇《かば》ってボコボコにやられたりしてるのね？

だから女の子が嫌《いや》になっちゃったんじゃない？」

「……まあ、ボコボコにされたことはないですが。正直、苦手ですね」

ミレーユは深刻な顔になって考えこんだ。

（やっぱりそうだったのね……）

思ったとおり、フレッドのせいでしなくていい苦労までしているようだ。せっかく男前で性格もいいのに女嫌いとは、貴重な青春を捨てさせたようで申し訳ない。

彼にはいつもお世話になっていることだし、ここはひとつ自分が一肌脱《ひとはだぬ》ぐしかあるまい。そう決心したミレーユはあらたまって彼を見上げた。

「大丈夫《だいじょうぶ》。きっと克服《こくふく》できるわ。徐々《じょじょ》に慣れていけばいいのよ。あたしが練習台になるから、一緒《いっしょ》にがんばりましょう。もちろん練習中はちゃんと女の子の恰好《かっこう》するから、安心してね」

「……は？」

「は？　じゃないわよ。女嫌いを治せるように協力すると言ってるの。あなたの好みに合うかどうかはちょっとわからないけど、そこは脳内で補完してもらって。心配いらないわ、あたしこれでも五番街区で一番の耳年増って言われてるの。あらゆる知識と情報を駆使《くし》して役作りに挑《いど》むから」

「……」

リヒャルトは黙《だま》り込んだ。真剣《しんけん》な顔のミレーユを面食らったように見つめていたが、やがてかすかに苦笑《くしょう》する。

「いったいどういう反応をしたらいいのかな……」

ちょっと困った顔で目をそらし、それきりまた黙ってしまう。いまいちかんばしくない反応だ。

「あたしじゃ趣味《しゅみ》に合わない？　もっと大人《おとな》っぽいほうがいいの？」

五番街区でも同年代の少年たちに人気があるのは少し大人びた女の子だ。これまでさんざん色気がないという評価を受けてきたミレーユはここでも軽く敗北感を覚えたが、リヒャルトもそういう趣味なのなら仕方がない。

「……そういう話は、他の男の前では絶対にしないでください。お願いですから」

「するわけないでしょ。なんで怒るのよ」

「怒ってませんよ」

「じゃあ、どうしてそんな顔してるの」

急に不機嫌《ふきげん》になったように見えて追及《ついきゅう》すると、リヒャルトはため息をついた。

「言ってることがめちゃくちゃだ。乙女《おとめ》の夢がどうとか語っておいて、今度は練習台になるとか、俺を試《ため》してるんですか？　あなたにその気はなくても、馬鹿《ばか》な男は誤解しますよ」

呆《あき》れたように言われ、ミレーユはついむきになった。

「それとこれとは話が違《ちが》うわ。夢は夢、練習台は練習台でしょ。だいたい他の男のためにあたしが練習台になんてなるわけないじゃない。こんなこと、あなたにしか言わないんだから、馬鹿な男がどう誤解しようが関係ないわ。それにあたし、別に嫌じゃないもの、リヒャルトなら

「……」

夢中で言い返していたミレーユは、ん？　と口をつぐんだ。

(——あれ？　あたし今、何言った？)

なんだか、ものすごくとんでもないことを口走ったような気がする。

まくし立てていた自分が黙ったので部屋の中は急に静かになった。隣《となり》の彼も黙っているしで、なにやら妙《みょう》な空気がおりてくる。その気まずさにミレーユはうろたえた。

落ち着いて頭の中を整理しようと額《ひたい》をおさえるが、そうすればするほど考えがまとまらない。

短い沈黙《ちんもく》ののち。

「俺が……何？」

リヒャルトが発した問いに、ミレーユは焦りで頰を赤らめながら取り繕《つくろ》おうとした。

「い、いえ、ちがうの。ちょっと興奮しちゃって、間違ったっていうか、言葉のあや的な……」

うまいごまかしがまったく浮《う》かばずしどろもどろで言葉を探すが、床《ゆか》に置いていた右手に何かがふれたのに気づき、思わず口をつぐんだ。

そのまま指先を長い指でからめとられ、口から心臓が飛び出しそうになる。

「……あ……の……」

「…………」

無言のままリヒャルトが身じろぎして、ミレーユは身体《からだ》をこわばらせた。からまった指に力がこもったのを感じ、かあっと頰が熱くなる。

はりつめた静寂《せいじゃく》がやぶられたのはそのときだった。どこからともなく聞こえてきた騒々《そうぞう》しい足音に、ふたりは現実に引き戻《もど》された。

ばーん、と壊《こわ》れそうな勢いで扉《とびら》がぶち開けられ、ふたりはぎょっとしてそちらを見た。

「ミレーユ、無事かい⁉　パパだよ！」

息を切らして飛び込んできたのはエドゥアルトだった。せわしなく室内を見回した彼は、寝《しん》台《だい》の陰《かげ》に座り込んでいるふたりを見つけて愕然《がくぜん》と目をむいた。

「なにをしているんだ⁉　き、きみたち、そ、そんな狭《せま》いところで、そんなに、くっついてっ、い、いったい、何をっ⁉」

ミレーユははたとリヒャルトを見上げ、あわてて彼の手をふりはらった。

「なんでもないわ！　話をしてただけよ、ねっ、リヒャルト」

「…………」

またしてもいいところで邪魔《じゃま》が入り、リヒャルトは自分の間の悪さを呪《のろ》った。しかし激烈《げきれつ》な視線を感じ、やさぐれている場合ではない今の状況《じょうきょう》を把握《はあく》する。

「リヒャルト……。きみは部屋の片隅《かたすみ》のそんな狭苦《せまくる》しいところにわざわざ隠《かく》れないと、婦人と話もできないのかい……」

いつもは温厚《おんこう》な公爵《こうしゃく》が聞いたこともないような低い声を出したので、リヒャルトは急いでたちあがった。

「エドゥアルト様、これにはわけがありまして」

「私の娘《むすめ》をそんなところに引きずりこんで、いったい何をしていたんだ！」

「ご、誤解です、俺はまだ何も……」

「まだ!? じゃあ今から何かするつもりだったのかっ!!」

「パパ！」

坊《ぼっ》ちゃん顔を引きつらせ、剣《けん》を抜《ぬ》こうとする父を見て、ミレーユは仰天《ぎょうてん》して割って入った。

「やめてよ、危ないじゃない！ なにも変なことはしてないわよっ。リヒャルトの女嫌いを治すために一肌脱ごうと思ったら、わけわかんなくなっちゃったの！ ただちょっと練習台になるだけなの、でもまだなにもしてないんだから！」

あたふたと状況を説明するが、当人も激しく狼狽《ろうばい》しているため事態は悪化する一方である。しん、と静まりかえった部屋で、リヒャルトはおそるおそる公爵をうかがった。娘の発言で彼が沈静化《ちんせい》する――わけがない。

「おのれ……」

慄《おのの》く声をしぼりだしながら、エドゥアルトはふたたび剣の柄《つか》に手をやる。

「ゆるさん……ゆるさんぞ……そんなふしだらな交際は絶対に認め――ん!!」

ミレーユの擁護《ようご》発言は見事に逆効果となって、リヒャルトにふりそそぐことになった。

初代国王ルートヴィッヒ一世がグリンヒルデを都に選んだ理由のひとつに、このシャンデルフィール城があげられる。

アルテマリスを建国する以前、彼は西の小国をおさめる王だった。周辺の大国におびやかされてきた彼は堅牢《けんろう》な王宮を欲《ほっ》していた。そして目をつけたのがこの城だったのである。

異民族の暴君と決起した民衆の争いによって分断されていた国をまとめ、国号をアルテマリスとした彼は、都の名をグリンヒルデ――グリゼライド王家が治める都――とあらためた。そして、旧王家の象徴《しょうちょう》でもあったこの城の新しい主としておさまったのだ。

名城の呼び声高い堅牢な王城。しかしその歴史は血塗《ちぬ》られたものでもあった。

八百年の昔、築城した初代城主は、若い娘をさらってきては殺して血を抜き取り、若さを保つためにそれを毎日浴びるという、異常な精神の女領主だった。彼女が息子《むすこ》の手によって討《う》たれたあとも、無人となった城からは夜な夜な女の悲鳴がきこえてきたという。

忌《い》まわしい城の次の主になったのは疑心暗鬼《あんき》のかたまりのような男だった。外敵はもちろんのこと、身内にひそむ敵からも身を守るため、城中にさまざまな罠《わな》や仕《し》掛《か》けを作った。病的なほどにはりめぐらされたそれに掛《か》かり、何も知らない多くの人々が犠牲《ぎせい》になった。

時代は下り、東の大陸からやってきた異民族の王が城主となる。彼は圧政をしく暴君ではなかったが、罪人に対しては苛烈《かれつ》をきわめる刑《けい》をもちいた。異国流の処刑法は周辺諸国のひとびとにも恐《おそ》れられたという。

さまざまな伝説にいろどられた、石造りの堅固《けんご》な名城。

呪われた城として広く大陸中に知られ、酔狂《すいきょう》な者たちを吸い寄せてはその血を飲み込んできた。

血を欲する狂《くる》った城がようやく沈静したのは、覇王《はおう》の末裔《まつえい》を主に迎《むか》えた、陸暦四九七年七月のことだった。

偉大《いだい》なる勇者ランスロットの血を引く聖王ルートヴィッヒ一世。かの王だけが、城の呪《のろ》いに惑《まど》わされることなく正統な主として君臨することができたのである——。

「——というようなことを『幽霊《ゆうれい》の出る城　西大陸百選』に解説してありましたが、後半は王家を美化した創作だと思います」

シルフレイアは淡々《たんたん》とした顔でそう言い結んだ。

「そ、そうなんですか」

ミレーユはひきつった顔で相槌《あいづち》をうつ。創作だというのなら、そんなにも怖《こわ》い話を詳《くわ》しく解説してくれずともよかったのに。しかもこんな真夜中、亡霊が棲《す》むという王宮で。

いや、これは彼女なりの親愛表現にちがいない。夜の散歩にお供すると申し出たとき、彼女がほんのり頬《ほお》をそめたのをミレーユはしっかり見たのだ。相変わらず無表情ではあったが感情がないわけではないのだと、ちょっと変わった趣味の持ち主である彼女に歩み寄れそうな気がした。

白いベールの下で、シルフレイアはろう人形のように白く整った顔をまっすぐ前に向けている。その背後には黒髪《くろかみ》の鬘《かつら》を装着したカインと、リヒャルトが続いている。

四人は王城の西にある王立書物館の前にきていた。もちろんこんな夜中に開いているわけがないので中には入れないが、建物自体がいわくのあるものらしい。

「ある一定の条件のもとで壁《かべ》に何らかの影《かげ》が浮かび上がるらしいのです。第四十七心霊《しんれい》地点として確かめておかねばなりません」

声も口調もひんやりと静かだったが、瞳《ひとみ》はいきいきと輝《かがや》いている。ジークに聞いたとおり、よほどそういう分野が好きらしい。

具体的に心霊現象を説明しないでくれとか四十七もそんな地点があるのかとか悶々《もんもん》と考えるミレーユをよそに、シルフレイアは自前の本を開いて問題の壁はどこなのか調査しはじめる。

「──裏の林に面した一角のようです」

「お供は私が。きみたちはここで待機していてくれ」

昼間とちがって妙にきりりとした顔つきのカインが進み出た。夜は元気になるらしい彼は蒼《あお》ざめているミレーユに気を遣《つか》ってくれたようだ。相変わらず両肩《りょうかた》に猫《ねこ》をのせているが、そう悪い人でもないのだろう。

「ではまいりましょう。マットの宿主殿《どの》」

「シルフレイアです。いつになったら名前をおぼえてくださるのですか、ゼルフィード子爵《ししゃく》」

体温の低い声でやりあいながら、ふたりは裏手の林へと歩いていく。フレッドの代わりに護衛を務めていたというし、見るからに趣味《しゅみ》も合いそうだし、それなりに親しくなったのだろう。

名前を覚えないことで外交問題にならなければよいが。

ふたりの後ろ姿を見送って、ミレーユは落ち着かなくあたりを見回した。

昨夜と違《ちが》い、雲のない今夜は月が明るい。それだけが救いだ。

「――よくお供する気になりましたね」

それまで黙《だま》っていたリヒャルトがぽつりと言った。シルフレイアの散歩についていくと言ったとき彼は驚《おどろ》いた顔をした。前日の怯《おび》えぶりを見ていたから当然だろう。

「ちょっと心配だったの。昼間あんな騒動《そうどう》があったし、もしかしたら白薔薇《しろばら》のだれかに嫌《いや》がらせでもされるんじゃないかって」

あの強烈《きょうれつ》さで襲《おそ》われたら華奢《きゃしゃ》で小柄《こがら》なシルフレイアはひとたまりもないだろう。それを思うと気が気でなく、びくびくしながらもついていくことにしたのだ。

目の前にそびえたつ書物館を見ないようにしつつ、ミレーユは無心になろうと努力した。いくら月に照らされていようが、夜の王宮が恐ろしい場所であることに変わりはない。昨夜のようにリヒャルトにしがみつくわけにもいかないし、恐怖心《きょうふしん》は自分で追い払《はら》うしかないのだ。

そんなことを思いつつ視線をめぐらせていると、後宮に続く回廊《かいろう》の先で何かが動いたのが見えた。

一瞬《いっしゅん》ぎくりとしたものの、どうやらそれは生きた人間のようだった。柱の陰に忍《しの》ぶように立つ、ふたつの人影《ひとかげ》。

ひとつは背の高い影。そしてもうひとつは、長い金色の巻き髪《がみ》を背中にたらしたドレス姿の影だ。

恋人同士《こいびとどうし》の逢《あ》い引き現場だろうか。見てはいけないものを見てしまった気がして、ちょっと頬が熱くなる。

盗《ぬす》み見なんて野暮《やぼ》だとは思いながらもつい目が離《はな》せないでいると、ふたりが向きを変え、月明かりに横顔が照らしだされた。

ミレーユは眉《まゆ》をよせた。背の高い影――男のほうが見覚えのある顔をしていたからだ。

「……ジークですね」

いつのまに気づいていたのか、リヒャルトがつぶやく。

怖いくらいに深刻な顔をして相手をじっと見つめているのはたしかにジークだった。だが一緒《いっしょ》にいる女性は見たこともない顔だ。

彼女は軽くあたりに目を走らせ、ジークに顔を寄せた。ジークのほうもまじめな顔をしたまま身を乗り出す。

ミレーユは固唾《かたず》を飲《の》んでそれを見つめた。……これは、もしや。

(浮気《うわき》……?)

リディエンヌと婚約《こんやく》したばかりだというのに、まさか――。

「どうかなさいましたか」

突然《とつぜん》シルフレイアの声がした。

ミレーユは慌《あわ》ててふりむく。壁の検分はもう終わったのか、いつの間にやら戻《もど》っていたようだ。

「い、いえ、なんでもありません」

よその国のお姫様《ひめさま》に王太子の浮気現場など見せるわけにはいかない。焦《あせ》ったミレーユはさりげなく彼女の視線上に立ちはだかった。

シルフレイアは小首をかしげてミレーユを見ていたが、ふと視線を転じた。

「あれは……」

「さあ、次の場所にいきましょう！　四十八番目はどこですか？」

強引に促《うなが》しながら、ミレーユはちらりと回廊のほうに目をやる。だがすでにジークたちの姿は消えていた。

セシリア王女のもとにその一報が届いたのは、白薔薇乙女《しろばらおとめ》たちがミレーユを襲った翌日のことだった。

「姫様っ、一大事でございます！」

忠実な侍女《じじょ》のローズが泡《あわ》を食って駆《か》け込んできたのを見て、日記をつけていたセシリアはあわてて両腕《りょううで》でそれを隠《かく》した。

「なにごとなの、ノックもなしに！　わたくしは今勉強中……」

「乙女日記をつけている場合ではございませんわ、姫様！」

あっさり見破られ、セシリアはみるみる真っ赤になった。

「わ、わたくしは別に、伯爵《はくしゃく》のことを日記にしたためてなどなくてよ！　あんな遊び人、わたくしは全然なんとも思ってなんかいないんだから！　勝手に思い違いをして伯爵の耳に入れたりしたら殺すわよ、ローズ！」

むきになるあまり墓穴《ぼけつ》を掘《ほ》ってしまったが、ローズはそれどころではないようだ。蒼い顔をして持っていた紙切れを差し出してくる。

それが薄桃色《うすももいろ》の見慣れたものであることに気づき、セシリアは目を見開いた。

それは週に一度発行される白薔薇乙女の会の会報『白薔薇通信』だった。偽名《ぎめい》を使って末席に登録し、集会にはローズを替《か》え玉として参加させ情報を得ているセシリアは、この『白薔薇通信』が手元にとどくのを毎週楽しみにしているのだ。

王女付き近衛騎士団《きしだん》の団長でありながら主《あるじ》に断りもなく何日も王宮を留守にしたり、見るたびに違う淑女《しゅくじょ》たちと一緒だったり、たまに訪ねてきてはわけのわからない品物を押し付け、神経を逆撫《さかな》ですることばかり言う。ある意味遠い存在である彼の日常を知るためには、彼のもとも熱狂《ねっきょう》的な親衛隊である白薔薇乙女の会にもぐりこみ、会報を手に入れることが一番の近道なのである。

だが、少し妙《みょう》ではあった。ローズが今週の会報を持ってきたのはつい三日前のことだ。来週のぶんが発行されるまではまだ少し時間がある。

「号外かしら。近頃《ちかごろ》多いわね」

現在王宮には隣国《りんごく》コンフィールドの姫が滞在《たいざい》しており、伯爵は国王の命令で彼女の話し相手になっているらしい。そんな彼らの密着記事が最近は頻出《ひんしゅつ》していた。

「主として、伯爵の動向は把握《はあく》しておかなくてはいけないものね。興味なんてまったくないけれど、仕方がないから読んであげるわ」

ふん、と鼻を鳴らすと、さも面倒《めんどう》くさそうに顔をしかめながらいそいそとそれを開く。

だが最初に目に飛び込んできた記事を見た瞬間《しゅんかん》、セシリアの思考は止まった。

『悲劇！　フレデリックさまがお見合い⁉』

これでもかと強調された見出しの下には、フレッドがコンフィールドの姫と極秘にお見合いしたようだと悲痛な論調で記事がつづいている。

「……な……」

セシリアはあんぐりと口をあけ、その見出しを凝視《ぎょうし》した。

「伯爵が、お見合い……？」

「申し訳ございません、姫様。実はきのう緊急《きんきゅう》集会があったそうなのですが、わたくし風邪《かぜ》を引いて寝込んでしまって、それで情報入手が遅《おく》れてしまいまして」

ローズが言い訳がましくおろおろと言ったが、セシリアは聞いていなかった。

思えば、現実的な話だ。

王太子の婚約がまとまり、リゼランドとの絆《きずな》は固くむすばれた。次は南のコンフィールドと同盟を計るのはもっともな政略である。――が、しかし。

――ぼくは国のために結婚《けっこん》なんてまっぴらごめんですよ。一生独身で、死ぬまで女の子にちやほやされて楽しく暮らすんですからね。アハハハハ……――

（……って言っていたじゃないの！　あれは嘘《うそ》だったというの⁉）

のんきな伯爵の顔がうかび、セシリアの中に猛烈《もうれつ》な怒《いか》りがこみあげてきた。殿下《でんか》がお嫁《よめ》にいくまでずっとそばにいてさしあげますすよ、などと調子良くうそぶいていたことを思い出す。

（主であるわたくしに断りもなく勝手にお見合いだなんて……ゆるさなくてよ……）

セシリアの手の中で薄桃色の紙がぐしゃりとつぶれた。無残に圧縮されていくそれを、ローズが蒼《あお》い顔で見守っている。

「……ローズ」

「はっ、はい、姫様」

はじかれたように返事をしたローズに、セシリアは鬼《おに》の形相で命じた。

「いますぐ伯爵をお呼び！　今日こそあの男の命日にしてくれるわ……！」

ローズはヒッと息をのみ、転がるようにして部屋を駆け出て行った。

たりとやんだ。

黄薔薇《きばら》の宮を訪《おとず》れたミレーユを見て、列をなして順番待ちをしていた人々のおしゃべりがぴたりとやんだ。


「ごきげんよう」

にこやかに挨拶《あいさつ》して入っていくと、紳士《しんし》淑女《しゅくじょ》たちはそれぞれ会釈《えしゃく》を返し、ひそひそとまたおしゃべりを再開した。お見合い話が広まって好き勝手に噂《うわさ》をしているのだろう。

リヒャルトが取り次ぎを頼《たの》みにいくと、ひとりの紳士が近づいてきた。三十を少し過ぎたくらいだろうか、薄《うす》い金髪《きんぱつ》をぴっちり撫《な》で付けた、神経質そうな顔つきの男だ。

「ごきげんよう、ロイデンベルク伯爵。聞きましたよ。シルフレイア姫と縁談《えんだん》が持ち上がっておられるそうで」

「え？　ええ……」

聞きなれない名前を出されて戸惑《とまど》っていると、彼はうっすら笑《え》みをうかべた。

「これは失礼。ベルンハルト伯爵とお呼びせねばいけませんでしたね。都を離れて暮らしていると王宮の事情に疎《うと》くなってしまって困る。田舎《いなか》者の失言をゆるしてください」

言い方は丁寧《ていねい》だが彼がこちらに敬意をもっていないのが丸分かりだ。やんわりと喧嘩《けんか》を売られているような気がした。

「伯爵、どうかしましたか」

すぐに戻ってきたリヒャルトがミレーユと対峙《たいじ》している男に目をむける。

「エーギン侯爵《こうしゃく》、いかがなさいました」

「いや、なんでもないよ。ラドフォード卿《きょう》」

エーギン侯爵と呼ばれた男はそっけなく返し、「失敬」と会釈して黄薔薇の宮を出ていった。

「なにか問題でも？」

「ううん……。ちょっと話しただけ」

ロイデンベルク伯爵という呼び名のことが気になったが、この場所で訊《き》くには周囲に人が多すぎる。疑問を心に押し込めてミレーユは気持ちを切り替えた。

占《うらな》いが得意だというシルフレイアのもとには毎日大勢の人々が訪《たず》ねてくるという。

確かに眺《なが》めていると、占いの場である居間の隣《となり》の小部屋へと入れ代わり立ち代わり客が入っていく。ミレーユは侍女が用意してくれた菓子《かし》をつまみながら、彼女の仕事ぶりを遠くから見守っていた。

訪れる客の大半は暇《ひま》つぶしや単なる好奇《こうき》心から占いを望む者だった。彼女と縁《えん》を結びたいという魂胆《こんたん》を捨てきれず、顔を出しに来る紳士たちもいるようだ。シルフレイアはそんな暇な紳士淑女を迷惑《めいわく》がることもなく、疲《つか》れた顔も見せずにひとりひとり丁寧に応対している。

「少しお休みになったほうがいいんじゃありませんか？」

ようやく午前の客が途切《とぎ》れ、衝立《ついたて》の向こうから出てきたシルフレイアに、ミレーユはたまらずそう言った。

「はい。これからお茶を飲んで休みます。せっかく来ていただいたのに、あわただしくしていて申し訳ありません」

「いいえ、そうじゃなくて。わたしのことはほっといてもらっていいんですけど、シルフレイアさまのお体が心配なんです。毎日こんな調子でしょう？　たまには丸一日休む日があってもいいんじゃありませんか？」

カップに茶が注がれるのを見ていたシルフレイアは、ゆっくりと目線をあげた。

「……お優《やさ》しいのですね。以前お会いしたときよりもずっと。まるで別人のようです」

観察するように見つめられてミレーユは内心慌《あわ》てた。フレッドはそんなにそっけない対応をしていたのだろうか。鋭《するど》そうな人だし、気をつけていないとあやしまれそうだ。

「失礼を申しました。お気遣《きづか》いくださってありがとうございます。でも、これでいいのです。好きでやっていることですから」

シルフレイアはまた無表情に戻《もど》ってそう言うと、ふと思い出したようにまた席をたった。

ややあって戻ってきた彼女は木製の箱を抱《かか》えていた。中にはおびただしい数の封書《ふうしょ》が入っている。

「――手紙？」

「はい。今日の朝届けられたものです」

シルフレイアは中から適当にいくつか抜《ぬ》き出すと、次々に封を切って中をあらためはじめた。

「失礼なことをして申し訳ありません。でも今日中に仕分けをして返事を出したいので、あまり時間がないのです」

「これ、ぜんぶ目を通してるんですか……？」

唖然《あぜん》とするミレーユに、シルフレイアはこくりとうなずき、少し黙《だま》ってから続けた。

「人の少ない環境《かんきょう》で育ちましたし、ずっと城にこもって過ごしてきましたから、こうしてたくさんお手紙をいただいたり大勢の方と接したりするのがうれしいのです。いかに政治的な思惑《おもわく》があっても、このように幼い身なりのわたしを一人前として見てもらえるのはありがたいことですから」

「そう……ですか」

ミレーユは感心して彼女を見つめた。ただの怪奇《かいき》もの好きなお姫様ではなかったのだ。一国の公女としての自覚を、きっと彼女は生まれたときから持っているのだろう。

手紙の山を仕分け終えると、シルフレイアはその一部を分厚いガラスの容器に入れた。

「火を」

命じられた侍女《じじょ》が火のついたろうそくを持ってくる。受け取ったシルフレイアがそのまま一瞬《いっしゅん》もためらわずガラスの容器の中に火をつけるのを見て、ミレーユはぎょっとした。

「シルフレイアさまっ？　その手紙、まだ返事書いてないんじゃ」

「はい。ですから、これが返事です」

わけがわからずにいるミレーユに、シルフレイアは冷静に説明する。

「これらのものには呪《のろ》いや邪気《じゃき》が籠《こも》っています。故意に籠《こ》められたものをいつまでもそばに置いておくと害になりますから、早々に燃やすことにしています」

「呪い⁉」

「はい。王位継承《けいしょう》権の放棄《ほうき》、または政略婚姻《こんいん》を要求するものです」

ミレーユは呆然《ぼうぜん》となった。それはつまり脅迫状《きょうはくじょう》ということではないのか。

「火を消して！　だれが出したか確かめなきゃ」

「特定は難しいでしょう。差出人名はありませんし、便箋《びんせん》や字体にも特徴《とくちょう》などはありませんから」

シルフレイアは相変わらず感情を読み取れない瞳《ひとみ》をして、じっと炎《ほのお》のゆれるさまを見つめながらつけ加えた。

「どうぞお気になさらずに。国主の家系では、よくあることです」


午後、白百合《しらゆり》の宮で急遽《きゅうきょ》開かれることになった茶会は、妙《みょう》な雰囲気《ふんいき》のただようものとなった。

出席者はセシリア王女、そして王女が伯爵抹殺《はくしゃくまっさつ》を決意しているとも知らずにやってきたミレーユとシルフレイアだ。本来なら年頃《としごろ》の女の子が三人集まって楽しくおしゃべりという図だろうが、ミレーユがフレッドの身代わりである今は、いつ何時修羅場《しゅらば》に突入《とつにゅう》してもおかしくない状況《じょうきょう》である。

迎《むか》えたセシリアは、伯爵と連れ立ってきた少女を見て不機嫌《ふきげん》な顔になった。

「どなたかしら。わたくしがお呼びしたのは、伯爵とシルフレイアさまだけよ。勝手に御友人《ごゆうじん》を連れてくるだなんて、あなたはほんとうに礼儀《れいぎ》知らずだわ」

どうやらセシリアはシルフレイアと面識がないらしい。ミレーユはあわてて紹介《しょうかい》する。

「セシリアさま、こちらがコンフィールドのシルフレイア姫でいらっしゃいますよ」

「……何を言っているの、どう見ても……」

「シルフレイアです。お初にお目にかかります、王女殿下《でんか》」

ひんやりとした声でさえぎられて、セシリアはけげんそうに眉《まゆ》をよせた。

「コンフィールドの姫は今年で十八になられると聞いたわ」

「はい。これでも十八です。よく疑われるのですが」

気まずい沈黙《ちんもく》がおりた。

さすがに失言したと気づいたのか、セシリアが頬《ほお》を赤らめる。

「……失礼しましたわ、シルフレイアさま。わたくし……」

「お気になさらずに。わたしが童顔なのがいけないのですから」

またしても沈黙がおりる。

童顔であることを意外と気にしているのだろうか。ほんのちょっとだけ好戦的な言い方だったような気がして、ミレーユはシルフレイアの横顔を盗《ぬす》み見た。だが彼女は相変わらず無表情で、何を考えているのかわからない。

「あの、でもすごくかわいいですよね、シルフレイアさまって。殿下もそうお思いになりませんか？」

場を和《なご》まそうとミレーユは明るく言ったが、セシリアからは殺人光線が返ってきた。

「――そうね。すてきな方だわ。あなたのような遊び人にはもったいないわ」

ぎらぎらとにらまれて、ミレーユは瞬時《しゅんじ》に蒼《あお》ざめた。いつ爆発《ばくはつ》が起こるのかと思わず周囲に武器がないか確認《かくにん》していると、セシリアがとげとげしく口火を切った。

「風の噂《うわさ》できいたけれど、あなた、こちらの姫との間に縁談《えんだん》があるそうね。なぜ主であるわたくしに報告してこないのかしら？　勝手にそういうことをされるのは迷惑だわ。あなたが結婚《けっこん》してコンフィールドに行ってしまうとなれば、あらたに騎士《きし》団長を選定しなければならないのよ。もちろん、今度はあなたと違《ちが》って誠実で勤勉な方につとめていただくわ。あなたのような不真面目《ふまじめ》な遊び人、コンフィールドでもどこでも行ってもらってかまわないけれど、あとに残される者たちの苦労も少しは考えていただきたいわね」

「はい……ごめんなさい」

まくしたてる剣幕《けんまく》におされ、びくびくしながらそう返すと、セシリアはその言葉にますます目をつりあげた。

「べつに、謝っていただく必要はなくてよ。あなたの顔を見なくて済むようになるのだから、わたくしはむしろせいせいしているの。きっと日々爽快《そうかい》な気分ですごせるにちがいないわ、ああ、そんな日が早くこないかしら、ほんとうに待ち遠しいわ」

「――申し訳ありません。王女殿下」

それまで黙っていたシルフレイアが静かに口をひらいた。

「さぞお寂《さび》しいことでしょう。伯爵も、大切な殿下をおひとりにして国を出るなど出来ないと一旦《いったん》はこのお話をお断りになったくらいです。わたしの我が儘《まま》で殿下から伯爵を取り上げてしまうようなことになり、強い絆《きずな》で結ばれたおふたりを引き離《はな》してしまって心苦しく思います」

ミレーユは驚《おどろ》いて彼女を見た。そんなことを言った覚えはないし、とするとフレッドがそう言ったのだろうか。

見れば、セシリアもぽかんとしている。ミレーユの視線に気づくと、はっとしたように目をそらし、頬をそめた。

「めっ、迷惑《めいわく》だわ、そんな理由で縁談を断るだなんて。わたくしをだしにするなんて、ほんとうにあなたって――」

「殿下は伯爵のお嫁《よめ》さんになるのが九歳のころからの夢でいらっしゃるとか」

さらりとシルフレイアはとんでもないことを暴露《ばくろ》した。ミレーユは目を丸くして身を乗り出す。

「そうなんですか?」

「以前伯爵はおっしゃいました。殿下が二十歳《はたち》をすぎても独身でいらしたら、しょうがないので自分が引き受けるつもりだと」

優《やさ》しいのか残酷《ざんこく》なのかわからない発言だ。いや、セシリアの立場からすれば後者だろうか。あんないい加減な男のどこがそんなにいいのかと思いつつも、幼いころからそんな夢をいだいていたのがかわいらしく、ミレーユは思わず微笑《ほほえ》んで彼女を見た。そして、異変に気がついた。

セシリアは耳の先まで真っ赤になっていた。カップを持つ指が慄《おのの》いている。危険な兆候《ちょうこう》だ。

「で……殿下？」

「この……外道《げどう》……っ」

セシリアが低くうなって立ち上がる。傍《かたわ》らのティーポットをむんずとつかんだのを見て、ミレーユは頬をひきつらせた。

（はじまった——!!）

少し離れたところにいたリヒャルトやセオラスらが事態に気づいて駆《か》け寄ってくる。シルフレイアがけげんそうにそれを見た。

「セシリアさま、落ち着いてくださ……」

「おだまりっ！　今日こそ死ぬがいいわ!!」

死刑《しけい》宣告とともに、セシリアはティーポットをふりかぶった。

ふたが飛び、中身がこぼれるのが、やけにゆっくり目にうつる。ミレーユはとっさに立ち上がってシルフレイアの前に出た。

「伯爵！」

だれかがさけぶ。

ガチャンと派手な音をたててティーポットが下に落ちた。とっさに腕《うで》でふせいだせいで直撃《ちょくげき》はしなかったものの、額には熱がふりそそぎ、髪《かみ》や頬に伝いこぼれる。

ふしぎと痛みは感じなかった。ミレーユはふうと息をついてシルフレイアをふりかえった。

「シルフレイアさま、お怪我《けが》は？」

「……ありません」

さすがに驚いたのかシルフレイアはかすかに目を瞠《みは》っていた。しかし本人の言うとおりどこにも怪我をした様子はないようだ。

「怪我は⁉」

顔色を変えたリヒャルトに腕をつかまれ、ミレーユは笑って見上げた。

「大丈夫《だいじょうぶ》、当たってないし……」

言ったそばから視界の端《はし》を赤いものが下りてきて、思わず手をやる。呆然《ぼうぜん》としていたセシリアがはっと息をのんで口元をおおった。

「伯爵、血……！」

「あ、平気です。痛くないし、熱くもないですし」

自分がしてしまったことを目の当《ま》たりにして蒼ざめている王女を見たら、直前までの恐怖《きょうふ》も消えていた。ここで自分が取り乱しては収まるものも収まらない。

「すぐに手当てを」

「わたしはいいから、シルフレイアさまをお連れして。あと、セシリアさまも指にお茶がかかったでしょう。だれか手当てしてあげてください」

その指摘《してき》に、硬直《こうちょく》していた侍女《じじょ》たちがあたふたと寄ってきてセシリアを連れていく。ふりかえる彼女にミレーユは微笑んでみせた。

「……わたしのせいでしょうか。あのようにお怒《いか》りになるなんて」

シルフレイアがぽつりとつぶやく。

「仲良くしていただこうと思って、共通の話題を出したのですが……」

いつもは大人《おとな》びた姫《ひめ》が落ち込んだ顔をしていた。

不器用なふたりの姫君と、口の軽い伯爵《はくしゃく》のせいで、王女の茶会は波乱のまま幕を閉じた。


「──それでそんなものを顔に貼《は》り付けているというわけか」

薔薇《ばら》の花びらを散らした長椅子《ながいす》にだらしなくもたれて、ジークは納得《なっとく》したように言った。

「かわいそうに。顔に傷がつくなど女性にとっては大きな苦痛だろう。責任をとるから今すぐ後宮に入りたまえ」

「あんたにとってもらわなくてもいいわよ」

ミレーユはむすりとして言い返すと、こめかみに貼られた湿布薬《しっぷ》にふれた。本当にたいした傷ではなかったし、うっとうしいのですぐ剝《は》がしてしまいたいくらいだ。

例の騒《さわ》ぎのあとで王太子に呼び出しをくらい、使者に導かれるまま王宮の薔薇園にやってきたミレーユは、ガラスばりの小さな温室の中でジークとふたりきりで向かい合っていた。色ごとに区画されて栽培《さいばい》されている薔薇園には、植え込みの合間に同じような温室がいくつか建っている。そのうちのひとつ、つまり今いるこの場所は真紅《しんく》の薔薇があふれかえっていた。なぜか長椅子やテーブルがあり、快適な温度に保たれた室内でジークは優雅《ゆうが》にお茶を飲んでいる。

「この前も思ったけど、薔薇の花を無駄遣《むだづか》いしすぎよ。これだけあったらいくら薔薇油がとれると思ってるの？　貴重なのよ、薔薇油って」

意味もなく花びらにまみれている王太子が憎《にく》くなって文句を言うが、彼は平然としたままだ。

「無駄遣いとは心外だな。ちゃんと有効な使い方をしているとも。湯に浮《う》かべて薔薇風呂《ぶろ》にしたり、寝台《しんだい》にまいて甘い夢を楽しんだり、特別な女性の部屋を私色にそめあげたり」

「……そんなことして、罰《ばち》があたっても知らないわよ。薔薇ってアルテマリスの国花でしょ。粗末《そまつ》に扱《あつか》った罰として神様が花を取り上げちゃったらどうするの？」

「そのときは『アルテマリスの黄金の薔薇』とうたわれるこの私が国の花になるだけのことだ」

ミレーユはげんなりとため息をついた。ここにも自己陶酔症《とうすいしょう》患者《かんじゃ》がひとりいたようだ。

麦わら編みの帽子《ぼうし》を首にかけた青年がお茶を運んできてくれる。礼を言うと、薔薇園の管理人だという彼はお辞儀《じぎ》をして無言のまま出ていった。

「リヒャルトはセシリアのところか？」

ジークがカップに花びらを浮かべながら訊《たず》ねる。ミレーユがうなずくと、少し笑った。

「今ごろセシリアは彼の小言攻《ぜ》めにあっているだろうな。さすがにそんな怪我をさせては、いつものごとく甘い顔は見せまい」

「リヒャルトが？　セシリアさまに？」

「癇癪《かんしゃく》を起こしたセシリアを止められるのは彼だけだからな。おかげで彼はいつの間にか王女専属のなだめ役だ」

「へえ……」

ミレーユはぼんやりとつぶやいた。一介《いっかい》の騎士《きし》にすぎない彼にそんなことがゆるされているのだろうかという疑問以前に、そのふたりの組み合わせがなんだかふしぎな感じだ。

「でも、なにも怒ることないのに。べつに大した怪我でもなかったんだし」

「国賓《こくひん》が同席している場で暴力にうったえたのだから、王女としてその態度は責められて当然だろう。本人もわかっていると思うが」

ジークはあっさりそう言うと、ミレーユが口を開く前に続けた。

「それより、シルフレイアの様子はどうだ。何か変わったことはあったか？」

呼び出しの理由はそれだろうと思っていた。彼女のもとに脅迫《きょうはく》めいた手紙が届いていることを話すと、やっぱりそうかとジークは表情ひとつ変えずにぼやいた。

「彼女はたくさんのものを手にしているからな。コンフィールドの次期国主の座、アルテマリスの王位継承《けいしょう》権、シアランとの特別商業取引権。そのすべてに莫大《ばくだい》な富と利益が付随《ふずい》する。

「狙うなというのが無理な話だ」

淡々とした言葉に、ミレーユは顔をくもらせた。国主の家系にはよくあることだとシルフレイア自身も言っていたが、そんな事情から縁遠いミレーユにはやはり理不尽なものに思えて仕方がない。

「だけど、好きでそんな地位にいるわけじゃないんでしょうに。どうにかならないの？」

「どうにかしてやりたいのはやまやまだが、彼女は秘密主義のようでな。隠し事をされては力を貸そうにも貸せない。まあ、疑心暗鬼になるのも無理はないが……」

ジークは独り言のようにつぶやくと、テーブルの上にぽつぽつと赤い花びらを並べた。

「これがアルテマリス。西のリゼランド。南のシアランに、コンフィールド、シュバイツ。北のルーブランクとガスティン――」

国の位置と同じように並べられたそれに、ミレーユは目を落とす。

「七年前、これらの国々でほぼ同時に政変が起こった。すべてアルテマリス王家と姻戚関係にある国ばかりだ。規模の大小はあれど死人も出た。狙われたのはほとんどがアルテマリスの血を引く者――正確にはアルテマリスの王位継承権をもつ者だ。当時第三王位継承者だったシルフレイアの父君もそのとき暗殺された」

ミレーユは息をのんで顔をあげた。ジークは少し皮肉げに唇の端をあげる。

「アルテマリスの王位継承順位は、王族の誰かが死亡または誕生するたびに宮廷議会をひらいて組み直す。今上陛下の子である私とヴィルフリートが一位と二位である事実は変わらないが、いその下の者たちに関しては細かい変動があるからな。少しでも上へ行きたいという愚《おろ》かな望みを実行にうつした者がいたのだよ」

それが近隣《きんりん》諸国に吹《ふ》き荒《あ》れた七年前の政変だった。

もともとの発端《ほったん》は、シアラン大公が急死したために起こった跡継《あとつ》ぎ争いにあるとされている。アルテマリスの血をひく公子の即位《そくい》に反発した一派が、公子を国外へ追放した事件。そこからアルテマリスの王位転覆《てんぷく》を謀《はか》った政変にまで発展したのだ。

「国主が代替《だいが》わりする時には、えてして血なまぐさいことが起こりうる。シルフレイアの場合もしかりだ。襲爵《しゅうしゃく》をひかえた今が一番危険な時だといっていい」

「そんな……」

同じ年頃《としごろ》の少女がそんな危険な立場にいるのを思い知り、ミレーユは言葉が続かなかった。

虎視《こし》眈々《たんたん》と玉座をねらう者たち。人の命を奪《うば》ってまでも手に入れたいものなのだろうか。

王侯《おうこう》貴族社会のゆがみを突《つ》きつけられたようで寒気がした。以前フレッドの悪口を言われたときは頭にきたものだが、こそこそ陰口《かげぐち》をたたいている間はまだ平和なのかもしれない。

「もし私と弟になにかあれば、コンフィールド国主の彼女が女王としてアルテマリスも治めることになるからな。それを阻止《そし》したい者もいるだろう。といって独身のままでは正式な継承権が認められないから、無理に求婚《きゅうこん》してつけ入ろうとする者もいないとは限らない。そちらのほうも注意が必要だ」

ミレーユは神妙《しんみょう》な顔でうなずいた。

たとえ訪《おとず》れる人の目的が政略であっても、自分を一人前として見てもらえるのがうれしいのだと語っていたシルフレイア。王女と友好を結べず落ち込んだり、フレッドに臆《おく》せず求婚してきたり、表情は乏《とぼ》しいけれど一生懸命《けんめい》な彼女を、絶対に守ってあげようと思った。

「だれにも邪魔《じゃま》させないわ。シルフレイアさまが無事に襲爵されるまで、ずっと縁談《えんだん》相手としてそばにいる」

真剣《しんけん》に言ったミレーユを、ジークは無言のまま笑《え》んで見つめた。

「笑ってないで、ジークたちも気をつけなさいよね。継承権第一位なんだから、ついでに狙われるかもしれないわよ」

「ほう……。うれしいね、心配してくれるのか」

「あんたはどうでもいいけど、セシリアさまとかっ」

のびてきた手をあわてて振《ふ》り払《はら》うと、ジークは一瞬《いっしゅん》黙《だま》ってから口をひらいた。

「セシリアに継承権はない。知らないのか」

「そうなの？　でもシルフレイアさまにはあるのに」

「王家の人間でない者に、継承権は認められていない」

え、とミレーユは戸惑《とまど》って訊《き》きかえす。

「だって、あんたの妹でしょ？」

「系図上はそうだが、彼女は陛下の実子ではない。陛下の第二妃《ひ》であられるメルヴィラ妃と前夫の間に生まれた娘《むすめ》だから」

「え……」

国王に王妃《おうひ》以外の妃がいるのは知っていたが、そんな込み入った事情をきいたのは初めてだ。

「端的《たんてき》に言うと、セシリアは連れ子だ。私ともヴィルフリートとも似ていないだろう？　それに彼女は薔薇の称号《しょうごう》を持っていないだろう」

そう言われてみればたしかに、王家のほとんどの者が美しい金髪《きんぱつ》をしている中でセシリアだけは誰とも違《ちが》うあざやかな赤い髪《かみ》だ。

そして、国王の子でありながら彼女は宮殿《きゅうでん》にも騎士団にも薔薇《ばら》の名をいただいていない。甥《おい》であるフレッドでさえ、エドゥアルトの王子時代の称号を継いで『白薔薇の君』と呼ばれているのに。

王宮で唯一《ゆいいつ》、百合《ゆり》の名を通称《つうしょう》に持つセシリア。そんな微妙《びみょう》な立場にあるのも知らず、きれいな名前だと単純に思っていた。

「知らなかったわ……」

つぶやくミレーユに、ジークはひらひらと手をふった。

「彼女が王宮に来たときから、私は実の妹のように思ってかわいがっている。べつにそう悲愴《ひそう》な顔をすることではないよ」

「……ええ」

「それより、きみには個人的に訊きたいことがあるのだが」

意外といいところあるじゃない、とミレーユの中で好感度をあげたジークだったが、次の質問ですぐさま打ち消された。

「リヒャルトとの仲はどこまで進展した？」

「……はあ？」

「夜中に王宮の廊下《ろうか》であれこれやっていたのだろう。幽霊《ゆうれい》が怖《こわ》いのはわかるが、彼の前では泣かないほうがいいぞ。時に男は幽霊より危険な存在になる」

一瞬呆気《いっしゅんあっけ》にとられたミレーユは、またたく間に真っ赤な顔になった。

「リヒャルトがしゃべったの!? 信じらんない！ だれにも言わないでって言ったのにっ！」

「彼はきみの秘密をもらしたりなどしないよ。ただ、きみの泣き顔を見るとキスしたくなると言っていたから、これからは気をつけたほうがいいだろうな」

冷やかすように笑うジークをミレーユは穴のあくほど見つめた。はっと昨日の仮眠室《かみん》での出来事を思い出し、頭の中がさらにゆであがる。

「嘘《うそ》よっ！ あんたじゃあるまいし、リヒャルトがそんなこと言うわけないじゃない！」

「じゃあ、確かめてみるか？」

彼は温室の入り口にやんわりと目をやる。つられて顔を向けたミレーユは、リヒャルトがそこに立っているのを見て仰天《ぎょうてん》した。

「きゃああっ！ いっ、い、いつからそこにいたのっ!?」

「今ですが」

彼は真っ赤になってあわてふためくミレーユをふしぎそうに見つめた。どうやら話は聞こえていなかったようだ。

くっくっ、と肩《かた》をゆらしてジークは笑っている。からかわれたのだと気づいて、ミレーユは頭に血を上らせたまま反撃《はんげき》にでた。

「あたしもあんたには訊きたいことがあるわ。昨日の夜、密会してた女の人はだれなの。婚約者がいるのに浮気《うわき》するなんて最低よ！」

「密会？」

けげんそうに訊き返したジークにミレーユは、だん、とテーブルをたたいて詰《つ》め寄った。

「とぼけないで！　金髪の長い巻き毛の人よ。心当たりがあるでしょう！」

「……ああ、ルーディのことか」

思い出すように黙《だま》りこんでいたジークは、やがて気の抜《ぬ》けた声でつぶやいた。

「あの程度で浮気よばわりは心外だな。やきもちか？」

「馬鹿《ばか》言わないで！　リディエンヌさまがおかわいそうでしょ！」

「小さいな。私の壮大《そうだい》な夢を知れば、それしきのことで腹を立てることもないだろうに」

「――夢？」

いぶかしげに訊き返したミレーユにうなずいてみせると、ジークは遠い目になった。

「ハーレムだよ、ミレーユ」

「……は？」

「大陸中から集めた美女を住まわせて、四六時中侍《はべ》らせてはいろんなことをして楽しむ御殿《ごてん》を造るのだ。私が即位したあかつきにはまず何はなくともこれを実行しようと思っている」

突如《とつじょ》うっとりした顔で語りだした王太子は、啞然《あぜん》となるミレーユをよそに楽しげに頰《ほお》をゆるめている。どうも本気のようだ。

「あ、あんた、何言って……、リディエンヌさまがいるのに、そんな……」

「もちろんリディもその中の一員だ。王妃としてハーレムを取り仕切ってもらう。そして第二夫人の席に座るのはミレーユ、きみだ。生涯《しょうがい》大切にするとこの薔薇に誓《ちか》おう。だから今すぐ後宮に入りたまえ」

さりげなく手をとり、自分の唇《くちびる》に持っていこうとする。ミレーユはカッと目をつりあげて手を振り払った。

「ふざけないでよ女たらし！　あんたなんかもう絶交よ！　二度とあたしに話し掛《か》けないで!!」

激怒《げきど》してそう宣言すると、後ろも見ずに温室を出ていく。

見送ったジークはぽつりとつぶやいた。

「嫌《きら》われてしまった……」

「やりすぎですよ」

呆《あき》れたように言い置いてリヒャルトは後を追おうとする。ジークはそれをのんびりと呼び止めた。

「昨夜ルーディと会ったよ」

「ええ——書物館近くの回廊《かいろう》でお見かけしました」

「なんだ、きみも見ていたのか。夜中にふたりであんなところをうろつくとは、さては私に内《ない》緒《しょ》で逢《あ》い引きでもしていたな。やる時はやる男だと信じていたが、それで勝算のほうは——」

「仕事ですよ。シルフレイア姫《ひめ》のお供です」

あっさり受け流されてジークはつまらなそうに黙ったが、ひとくち茶を飲んでから続けた。

「シルフレイアとカインは特に親しいのか？」

「は……？」

「ふたりが何を隠《かく》しているのか探《さぐ》れ。なるべく早くだ」

戸惑ったようにふりむいたリヒャルトは、直前までとは打って変わって深刻な王太子の顔を見て、表情をあらためた。

コンフィールド新公爵の襲爵披露《ひろう》まで、あと八日。波乱なく過ぎるとは到底《とうてい》思えなかった。

第三章　ひそかなる想い

アルテマリス王立総合書物館。二階建ての古びたそれには、王宮のすべての書物はもちろんのこと国内外から集められた古書や学術書、専門書がそろう。近隣《きんりん》大学の学者や学生も申請《しんせい》をすれば利用することができるという、王宮で唯一、一般庶民《いっぱんしょみん》にも開放されている場所だ。そのため毎日多くの人々が出入りしている。

正面の大扉《おおとびら》には『私語厳禁』と重々しく書かれた木板がかけられ、それを押し開いた向こうには古びた紙の臭《にお》いと静かな緊張感《きんちょう》がただよっていた。

「王宮の見取り図ですね。館長からうかがっています」

貸し出し申請のため訪ねたミレーユに応対してくれたのは、丸眼鏡《まるめがね》をかけた青年だった。半年だけ通った大学でフレッドと同期だったという館長はちょうど席をはずしていたが、話は通してくれていたようだ。

シルフレイアの襲爵披露の前祝いとして行われる王宮肝試《きもだめ》し大会は五日後である。幸いというべきか、途中《とちゅう》まではやる気だったようでフレッドは肝試し大会の草案をあらかた作っていた。あとはそれを見直して詰めていくだけだが、その作業上必要な王宮の見取り図は特別閲覧《えつらん》の指定がかかっており、閲覧には書物館館長の許可が必要となる。悪用されるのを防ぐため、閲覧を申請してもなかなか許可が下りることはないというほど厳重に管理されているらしい。

すんなり話が通ったのは、フレッドが王族であり、肝試し大会の実行委員長であることが理由のようだ。

「どうぞ、ご案内します。北の旧城と書物館周辺の地図でいいんですよね」

丸眼鏡の青年司書は鍵《かぎ》を手にしてにこやかにうながす。

ミレーユは読書中のシルフレイアのそばにカインとセオラスがいるのを確認《かくにん》し、リヒャルトとともに地下書庫へと足を踏《ふ》み入れた。

階段をおりた先の書庫は意外な広さで、ひんやりと涼《すず》しかった。

「……風が吹《ふ》いてるみたい」

気のせいかと思いながらつぶやくと、先を行く司書がふりかえった。ランプの仄《ほの》明かりに眼鏡が反射して少し不気味な笑顔《えがお》になる。

「ほら、『幽霊《ゆうれい》の出る城　西大陸百選』、あれお読みになったでしょう？　臆病《おくびょう》な城主がつくった罠《わな》の迷路。ほとんど埋《う》まっちゃったそうですけど、あれの一部がここに繋《つな》がっていて、それがまだ残ってるそうですよ」

「へ、へえ」

ごくりとのどを鳴らすミレーユに気づかず、彼は屈託《くったく》なく眼鏡をずりあげた。

「当時は迷路《めいろ》から出られなくなった人たちの髑髏《どくろ》がごろごろしていたらしいですけど、さすがに今はもうないでしょうねえ」

ひっとミレーユは息をのむ。無意識に手をのばし、探り当てたリヒャルトの手にしがみついた。無言のまま握《にぎ》り返され、その力強さにすこしだけほっとする。

「――アシュウィック。最近、俺たち以外に見取り図を借りた者はいるか？」

リヒャルトの問いにアシュウィックと呼ばれた司書はふりむいた。

「白百合騎士《しらゆりきし》団以外、ということですか？　ありませんよ」

「……じゃあ、白百合の中には？」

「ええっと、たしか三日前くらいにゼルフィード子爵《ししゃく》が」

そこでアシュウィックは言葉を切った。同じく黙り込んだリヒャルトから、なぜか慌《あわ》てたように目をそらす。

「ああっ、ありました！　はい、見取り図。あ、いや、私が運びますね」

分厚い紙の束を箱からとりだした彼は、そそくさと踵《きびす》を返して階段へむかった。

ミレーユはあとに続こうとして、リヒャルトが一瞬鋭《いっしゅんするど》い目をしたのを薄明《うすあ》かりの中に見たような気がした。

席に戻《もど》るとアシュウィックが微妙《びみょう》な顔つきで見取り図を広げてくれていた。

それを手伝っていた他《ほか》の司書らしき青年がふりかえり、戻ってきたミレーユを見てぽかんと口をあける。さらに加勢にやってきた数人も、こちらを見て凍《こお》りついたように足をとめた。

「――え？」

ふしぎに思って彼らの視線を追ったミレーユは、隣《となり》のリヒャルトとしっかりつなぎあっている右手に気づいて、ぎょっとした。

「うわ、ごっ、ごめんね」

「いえ……」

あわてて手を引き抜くが、頬が熱くなるのをとめられない。書庫から席に戻るのに館内を横切ってくる間、ずっとつないでいたことに気づかなかったのだ。無意識とはいえかなり恥《は》ずかしいことをしてしまった。

つい赤くなるミレーユを見て一同はショックを受けたようだった。婦人方に絶大な人気を誇《ほこ》る伯爵《はくしゃく》が男同士で堂々と手をにぎり、あやしい雰囲気《ふんいき》をかもしだしているのを目の当たりにしたのだから無理もない。動揺《どうよう》したのか、はたまたつられたのか、顔を赤らめてしどろもどろになる。

「そ、そうだったんですね、おふたりって」

「知りませんでした……」

「あはは、びっくりしたなー……」

「いや、違《ちが》う。誤解だから」

リヒャルトが否定するのも聞かず、アシュウィックはしたり顔で同僚《どうりょう》たちを制した。

「こらこら、きみたち。こういうときは見て見ぬふりするのが大人《おとな》の対応ってものですよ」

口ぶりからして明らかにふたりの仲をあやしんでいる彼は、そう言ってちらりと視線を走らせる。

「……まあ、あそこにも大人げない方がおられるようですが」

「え？」

言われるままふりむいたリヒャルトは、そこにいた彼と目があってしまった。

少し離《はな》れた席で、無意味に積み上げた本の合間からすさまじい殺気を放っている紳士《しんし》。

逆さまに開いた本を持つ手はわなわなと慄《おのの》き、目は血走って凄絶《せいぜつ》な形相である。

よくよく耳をすませば「ゆるさん……私のミレーユと……ゆるさんぞ……」などという呪《のろ》いの言葉も聞こえてくる。

「…………」

リヒャルトはくるりと向き直った。いったいなぜこんなところにいるのかわからないが、見なかったことにはとても出来そうにない。恐《おそ》ろしいほどの怨念《おんねん》と殺意を背中に感じる。

「ええと、じゃあ、始めようか。これが北の旧城？」

気を取り直してミレーユは書類を見比べはじめるが、彼女の父親に完全に目をつけられてしまったリヒャルトはなかなか作業に集中することができず、小一時間ほど苦心するはめになった。

翌日も相変わらずにぎわう黄薔薇《きばら》の宮で、ミレーユは居間の隅《すみ》の長椅子《ながいす》に腰掛《こしか》け、フレッドが作った草稿《そうこう》とにらめっこしていた。

扉を一枚へだてた隣室《りんしつ》ではシルフレイアが貴族を相手に占《うらな》いをしている。廊下《ろうか》との間にあるこの部屋にいれば、彼女のもとにだれがいつ訪《おとず》れるのかが一目瞭然《りょうぜん》だ。ジークに呼び出されて出て行ったリヒャルトの代わりに、そばにはカインがついてくれている。

客が入れ代わるたび確認しながら書類を読みふけっていたミレーユは、見覚えのある顔が居間を横切っていくのを見て眉《まゆ》をひそめた。ロイデンベルク伯爵、と呼びかけてきた男だ。

「ねえ、あの人──なんていう人だっけ？」

小声で訊《き》くと、肘掛《ひじか》けにもたれて半分寝《ね》そうになっていたカインがもぞもぞと身を起こした。

「バルトロメスの宿主か。エーギン侯爵《こうしゃく》だな……」

「ああ、そうそう。あの人、フレッドと仲悪いの？」

侯爵はちらりと非友好的な目線をくれて扉《とびら》を閉めた。どう考えてもフレッドに親しみをもっているとは思えない。

「いや。姫《ひめ》に求婚《きゅうこん》しているから、縁談《えんだん》相手がおもしろくないだけだろう」

シルフレイアへの求婚を諦《あきら》めていない者はまだまだいるようだ。ここに座っていると敵愾心《てきがいしん》を隠《かく》そうともせず視線をなげてくる者が何人かいて、わかりやすいことだと半ば感心してしまう。

へえ、とつぶやいて、ミレーユはカインに視線を戻した。

フレッドとは大学と軍学校で一時期とはいえ同級生であり、騎士《きし》叙勲《じょくん》も同日の盾《たて》仲間だとい

う。それなりに付き合いも長そうだしいろいろ事情を知っているかもしれない。

「あの人にロイデンベルク伯爵って呼ばれたんだけど、何のことか知ってる?」

結局リヒャルトに聞くひまがなく忘れかけていたが、おりよく侯爵を見て思い出したことだ

し、なにげなく訊いてみる。

「それはフレッドの正式爵位《しゃくい》だ。だれもその名では呼ばないが」

「そうなの? あれ、じゃあどうしてベルンハルト伯爵って名乗ってるのかしら」

なぜわざわざ父の爵位と同じ名を名乗っているのか。混乱しそうなものだが。

「ベルンハルト公の跡継《あとつ》ぎは自分だと周囲に認めさせるため、かな」

カインはあまり興味がなさそうな顔のまま口をひらいた。

「彼がいずれ三大公爵家の当主になるのを認めないとする者は多い。それでベルンハルト伯爵

を名乗り、そう呼ばせることで認めざるを得ない状況《じょうきょう》にしている。陛下や殿下《でんか》もそう名乗るの

を認めておられるから、宮廷《きゅうてい》の者はみな陛下を憚《はばか》ってそちらの名で呼んでいるんだ」

国王がベルンハルト伯爵と名乗るのを認め、自らもそう呼ぶとなれば、他の者も従わざるを

得ないだろう。そうして無意識下に浸透《しんとう》させているというわけだ。

しかし、聞いているとずいぶん好き勝手なやり方のようにも思える。ますます敵をつくるのではとミレーユは心配になった。

「そんなことして逆に反感買わない？　まるで喧嘩《けんか》売ってるみたいだわ」

「売ってるんだろう」

カインはあっさりとうけあった。

「ああ見えて好戦的な男だよ、きみの兄上は。そして利用できるものは何でも利用する。たとえそれが国王だろうが王族だろうが」

ミレーユは黙《だま》りこんだ。

兄が腹黒いのは百も承知だが、国王を利用したり貴族を敵に回したり、そうまでして一体なにをしようとしているのだろうと不安になる。そうやって貴族の世界を歩いているのかと思うと、急に遠い存在になってしまったような複雑な気分になった。

「別にあくどいことをしているわけじゃない。そう暗い顔をしなくてもいいと思うが。――したたかさで言えばこちらの姫も相当なものだぞ」

淡々《たんたん》と彼は付け足した。彼なりの慰《なぐさ》めのつもりだったのかもしれない。

と、肩《かた》の上にいた黒猫《くろねこ》がぴくりと身を起こし、カインはそちらに目を向けた。

廊下に通じる扉が、ばんと音をたてて開く。

「シルフィ！」

叫《さけ》んで入ってきたのは金髪《きんぱつ》の巻き毛を背中に長くたらした女性だった。ミレーユはその突然《とつぜん》の登場と、はっとするような派手な美貌《びぼう》に驚《おどろ》いて彼女を見つめた。

大きく開いた胸元《むなもと》からは豊かな白い肌《はだ》がこぼれんばかりで、それでいて腰《こし》は細く全体的にすらりとした抜群《ばつぐん》の体つきをしている。ミレーユは思わず彼女の胸に釘付《くぎづ》けになった。

(うわあ……うちのママより大きい……――って、あれ、この人たしか……)

以前、夜中にジークと密会していた美女だ。なぜ彼女がシルフレイアを訪ねてくるのだろう。

「姫はおつとめ中だ」

カインが言うと、彼女はチッと舌打ちした。

「どうせまた貴族のエロオヤジが無駄《むだ》話にきてるだけでしょ。こっちは大事な用があんのよ」

言うなり、止める間もなく隣室の扉をあけて突入《とつにゅう》していってしまった。

「だ……だれ？」

びっくりして目を丸くするミレーユに、カインは猫《ねこ》の尻尾《しっぽ》にまとわりつかれながら答えた。

「ルーディ。コンフィールドの魔女《まじょ》だ」

隣《となり》から魔女の奇声《きせい》と侯爵の悲鳴がきこえてきた。


同じ魔術の師に学んだ姉弟子《でし》だという魔女の訪問により、ミレーユは急にひまをもてあますことになった。シルフレイアから、しばらくふたりにしてほしいとの申し出があったからだ。

仕方なくサロンに向かうと、手前の回廊《かいろう》にあやしげな人影《ひとかげ》がある。

「……セシリアさま？」

「きゃあ」

彼女は悲鳴をあげて首をすくめた。あわててふりむき、ミレーユを見てさらに動転する。

「なっ、なぜわたくしだとわかったの⁉」

「いえ、なんとなく……。ものすごく目立っていらっしゃいますし」

はっとしたようにセシリアは自分の身なりを見下ろす。ドレスの上に冬物の外套《がいとう》をはおり、そのうえショールをかぶっているのだから目立たないわけがない。彼女なりの変装なのだろうか。

「あの、サロンになにかご用ですか？」

うろたえた様子が気になって近づくと、セシリアはキッとにらみつけてきた。

「べ、べつに、あなたのことが心配で見にきたわけではなくてよっ。たまたまよ、これは偶然《ぐうぜん》なの！　散歩をしていたら迷ってしまって、気がついたらこんなところに来ていたの。わたくしの本意ではないわ、ほんとうよ」

「散歩？　おひとりで？」

セシリアは顔を赤らめた。いきなり持っていた包みを投げつけてくる。

受け止めて開いてみると小さな瓶《びん》がでてきた。

「……薬？」

「誤解しないでちょうだい！」

セシリアは声をはりあげた。頬《ほお》を紅潮させ、こちらを見ようともしない。

「わたくしはただ、部屋にその軟膏《なんこう》が転がっていて、ほこりをかぶって置き場もなくて邪魔《じゃま》だったから、だから持ってきてあげただけよ。あれはよけなかったあなたが悪いんだから！　約束を勝手に他人に話したのがいけないんだから！　だからわたくしはぜったいに謝らなくてよ！」

きゃんきゃんと王女は言い張るが、掌《てのひら》の中の小瓶《こびん》はどうみても新品だ。

怪我《けが》をさせたことをやはり気にしていたのだろう。彼女のいうとおり悪いのはたぶんフレッドだろうに、心を痛めさせて申し訳なくなってしまう。

「どうもありがとうございます。怪我なら大したことありませんから、ご心配なさらずに」

「わ、わたくしはぜんぜん心配なんてしてなくてよっ！　うぬぼれないでちょうだい！」

セシリアはなおも真っ赤な顔で言い張ると、そこで限界がきたのか踵《きびす》を返して逃亡《とうぼう》した。途《と》中《ちゅう》でひそんでいたらしい侍女《じじょ》たちと合流して回廊を去っていく。

彼女がフレッドとまともに話せる日はくるのだろうか。ちょっと不憫《ふびん》に思うミレーユだった。


サロンに入るとなぜかヴィルフリートがいて、セオラスたちが必死に彼を説得していた。

「殿下、離《はな》れてください！」

「危ないですって！」

何事かと見ると、王子は大卓の上に置きっぱなしになっていたミレーユの手作りパンを興味《きょうみ》

「そんなせりふで誤魔化《ごまか》そうとしてもそうはいかない。これがフレデリックの開発した伝説のアレであることはわかっている」

「いや、アレじゃないですから！」

「嘘《うそ》をつくな！　これがアレでないなら、いったい何だというんだ!?」

何の話をしているのかわからなかったが、王子はひどくパンに興味を惹《ひ》かれているらしい。籠《かご》に盛り付けておいしそうに演出しているのに誰からも目をそらされているパンに心を痛めていたミレーユは、うれしくなって口をはさんだ。

「あの……よかったら、おひとついかがですか？」

「――――！」

部屋中の人間が息をのんでふりむいた。みるみる蒼《あお》ざめ、脂汗《あぶらあせ》をうかべ、必死にミレーユに目配せする。いきなり戻《もど》ってきて何を言ってるんだおまえは、せっかく丸くおさめようとしてるんだから余計なことを言うな。そんな顔だ。

ただひとりヴィルフリートだけは、うれしそうに身を乗り出した。

「い、いいのか？　おまえの貴重な発明品なのだろう？」

「もちろんですよ。殿下に食べていただけるなんて光栄です」

王子の目が輝《かがや》いた。彼はわくわくした様子でパンに手をのばした。

「殿下！　やめたほうがいいですって！」

騎士《きし》たちは必死に訴《うった》えたが、ヴィルフリートはそんな彼らをうるさそうに見やった。

「凡人《ぼんじん》どもめ。風雅を解《げ》せないやつらは黙っていろ」

「きゃー!!」

悲鳴をあげる騎士たちを無視し、王子は好奇《こうき》心満々の顔でパンにかぶりついた。

「──ほう、これはまた珍妙《ちんみょう》な味……」

まじめな顔で分析《ぶんせき》しようとして、ふと口をつぐむ。

顔色が一気に白くなる。次の瞬間《しゅんかん》、彼はブッと口の中のものをふきだした。

「殿下《でんか》!?」

「言わんこっちゃねえ……」

目を瞠《みは》るミレーユと頭をかかえる騎士たちの前で、ヴィルフリートはその姿勢のまま固まってしまった。

彼は真っ白な顔をして片手に持ったパンを見下ろした。いかな理由からか、わなわなと小刻みにふるえている。

信じられない、という目をして、ヴィルフリートはうめいた。

「すばらしい……これぞ神の奇跡《きせき》だ……」

え、と騎士たちは顔をあげた。

てっきり今にも隊長代理に死刑《しけい》宣告がくだるとばかり思っていたのに、予想外のせりふである。

ヴィルフリートは伝説の怪物《かいぶつ》でも見たかのような目でミレーユを見つめた。

「フレデリック、おまえは天才だ……。このようなものを作り出すとは並の才能じゃない」

「……殿下……！」

ミレーユは感激して声をうるませた。

変人だとばかり思っていたが、こんなにも話のわかる人だったとは。不細工だのなんだのと言われた過去も水に流そうと素直《すなお》に思ってしまう。この瞬間、ミレーユの中の『王宮いい人番付』で彼は一気に二位へ大躍進《だいやくしん》をとげた。

「こんな見事な兵器がこの世に存在したとは……。まだまだ僕も修業《しゅぎょう》が足りないということなのか……」

ショックを受けたようにつぶやく王子の声は、幸か不幸か舞《ま》い上がっているミレーユには届かなかった。

「これは持ちかえって僕なりに分析などしてみようと思う。——邪魔したな」

王子は片手にパンをつまんだまま、よろけるようにして部屋を出て行った。ミレーユ以外の全員が同情に満ちたまなざしでそれを見送る。

王子と入れ替《か》わりに帰ってきたリヒャルトは、ふしぎそうにその後ろ姿を見送り、サロンの中の騎士たちを見た。何があったか一目で察したようだ。

一方、ミレーユが上機嫌《じょうきげん》で紙袋《かみぶくろ》にパンを入れ始めたのを見て、セオラスはおそるおそる声をかけた。

「お嬢《じょう》、なにしてるんだ？」

「気に入ってもらったみたいだから、ヴィルフリートさまにもっと差し上げようと思って」

「——え？」

「青薔薇《あおばら》の人たちのぶんも入れといたほうがいいかしら」

騎士たちはまたもや蒼ざめた。一難去ってまた一難だ。さっきは王子の非常識な感覚に助けられたが、今度はそうはいかない。

「やめとけって、まじで！　悪いことはいわねーから、なっ？」

「あいつら美容のためにぶどう酒しかとらない人種だから、もっていっても無駄《むだ》だぞ！」

「そうなの？　残念ね……」

いろんな人がいるものだと、気を取り直して次の案にうつる。

「じゃあ、ジークとリディエンヌさまに差しあげてくるわ」

騎士たちは泣きそうな顔になった。

「もうだめだ……。俺ら全員、連帯責任で死刑だよ」

「短い人生だったな……」

「何ぶつぶつ言ってんの？」

ミレーユは不審《ふしん》そうに眉《まゆ》をひそめつつ紙袋にパンを入れていく。と、その手を誰かがはっしとつかんだ。

驚《おどろ》いて顔をあげると、いつの間にかリヒャルトがそばに立っていた。いつもより少しだけ余《よ》裕《ゆう》のない表情である。

目を丸くするミレーユに、彼は若干《じゃっかん》ひきつり気味に微笑《ほほえ》みかけた。

「俺が全部食べます」

「……！」

サロンに衝撃《しょうげき》が走った。

信じられない爆弾《ばくだん》発言に、騎士たちは全員凍《こお》りつく。

ミレーユは戸惑《とまど》ったように彼を見上げた。

「え？　でも……」

「全部ください。あなたのパン、大好きなんで」

「あ……ありがと。でも、そんなに欲張らなくても、また焼いてきてあげるわよ？」

照れたように笑うミレーユの肩《かた》を、リヒャルトはがしっとつかんだ。

「欲張りますよ」

「へ」

「明日も明後日もそれからずっと先も、俺だけのためにパンを焼いてください」

「……」

サロンにさらなる衝撃が走った。

騎士たちは堪《こら》えきれずに目をうるませた。

（勇者だ……！）

（勇者様が降臨なされた……！）

（俺たち――いや王宮のみんなが救われたんだ……！）

感動の嵐《あらし》にのまれる騎士たちをよそに、ミレーユは目を見開いてリヒャルトを見上げていたが、やがてパッと頬《ほお》をそめた。

「そ、そんな大げさな言い回ししなくても、いつだって焼いてあげるわよ。そんなにパンが好きだったの？　知らなかったわ」

「絶対にですよ。俺だけのために……」

「わ、わかったってば。そんなに何回も言わないでよ。――あ、でもアルテマリスにいる間だけよ？　リゼランドに帰ったらこれで毎日のご飯たべていかなくちゃならないんだから」

動揺《どうよう》を悟《さと》られないよう早口に言って、リヒャルトにパンの詰《つ》まった紙袋を押し付ける。

肩に置かれた手から逃《のが》れるようにふりむいたところで、そこに異様な光景を見つけてミレーユは目を丸くした。

「……なんで泣いてんの？」

生命の危機を脱《だっ》した騎士《きし》たちは、人目もはばからず抱《だ》き合って涙《なみだ》を流していた。

――白百合《しらゆり》騎士団にとりあえずの平穏《へいおん》が訪《おとず》れた瞬間だった。

最後の客は、時間がきてもなかなか帰ろうとしなかった。

「姫《ひめ》にも一度、私の領地においでいただきたい。それはそれは美しい湖がありましてね――」

エーギン侯爵《こうしゃく》は占《うらな》いが終わっても延々と自分のことをしゃべり続けている。突如《とつじょ》押しかけてきた姉弟子《でし》のルーディがひとしきり騒《さわ》いでから帰ったあと、彼はひそかに再び訪ねてきたのである。

以来ずっとこんな調子でしゃべりまくられ、律儀《りちぎ》に聞いていたシルフレイアもさすがに疲《つか》れて少しうとうとしてきた。

午前も午後も占いをやり、夕方は手紙の処理と書物館での調べもの、そして夜は『捜《さが》しもの』。唯一《ゆいいつ》くつろげるのが午後の占いが終わった時間帯――つまり今なのだが、目の前に居座られてはさすがに横になるわけにもいかない。

思わずため息がもれてしまうと、エーギン侯爵はぴたりとおしゃべりをやめた。

「――姫。先日お話しした件、考えていただきましたか？」

シルフレイアは無言で見返した。ぼんやりしていた頭が急激に冴《さ》えてくる。

「私の花嫁《はなよめ》になってくだされば、すぐにでもあれの隠《かく》し場所をお教えします。悪いお話ではないと思いますが？」

「……わたしは苦労は買ってでもしたい性質《たち》です。自分で捜します」

「またそのようなことをおっしゃる」

侯爵は、机に置かれたシルフレイアの手をそっと握《にぎ》ってきた。

「あれがないとあなたは公爵《こうしゃく》になれない。とてもお困りのはずだ。いつまでも意地を張るのはおよしなさい」

「手を放《はな》してください。ふれて良いと言った覚えはありません」

「若いあなたはご存じないかもしれないが、時として男女の間には多少の強引《ごういん》さも必要なのですよ」

握る手に力がこもり、シルフレイアは鳥肌《とりはだ》が立った。なんという無礼者、どんな呪《まじな》いでこの悪霊《あくりょう》を退散させようか。

と、頭の中の呪術《じゅじゅつ》便覧を開きかけたとき、衝立《ついたて》のすぐ向こうで声があがった。

「姫よ。順番はまだ回らないのですか」

聞きなれた声に、思わず目を見開く。だれもいないはずの部屋にいったい彼はいつ入ってきたのだろう。

侯爵もぎょっとしたようで、急いで手を放した。

「つ、次の方がおられたのですか。これは失礼」

決まり悪げにそそくさと立ち上がると、挨拶《あいさつ》もそこそこに部屋を出ていった。

気持ちを落ち着けようと深く息をつくシルフレイアに、衝立の向こうから現れた彼はいつもどおりの眠《ねむ》そうな顔で言う。

「お疲れのようですな。マットの宿主殿《どの》」

「シルフレイアです」

いつになったら名前を覚えてくれるのか。姫、と呼ぶこともできるくせに、変な人だ。なにを考えているのかいまいちわからない人だが、困っているといつもひっそり現れて助けてくれる。猫《ねこ》か霊《れい》にしか関心がないと思いきや、意外とこちらのことも、見ていないようで見てくれているのだろうか。

護衛役を団長に押し付けられた気の毒な副長。最初はそれだけの存在だった。でも今は大事な秘密の共有者だ。関心は持ってくれなくてもいいが、協力は続けてほしい。——できれば、ずっと。

「……ゼルフィード子爵《ししやく》。あなたはわたしのお味方だと、思っていてもよいのでしょうか」

カインはゆらりとこちらに目をむけた。なにを今さら、と言いたげな顔だ。

「むろんです。あなたの守護《しゆご》霊に誓《ちか》いましょう」

微妙《びみよう》な誓い方をされてしまった。残念ながら霊視能力がないシルフレイアには守護霊にたしかめる術《すべ》がない。

カインは肩にのった猫に頰擦《ほおず》りされながら真顔で続けた。

「侯爵の近辺はひととおり探《さぐ》ってみましたが、何も見当たらない。滞在《たいざい》中のオルドー伯爵邸《はくしやくてい》に持ち込んだ様子はないので、まだ王宮内にあるやもしれません」

「ですが、隠せそうな場所はもうどこにも……」

毎晩のようにふたりで王宮中を捜し回っても、何の手がかりもつかめなかったのに。

「あのように大きな、それも王家の紋章《もんしょう》が入った箱です。遠くへ運べば必ず目立つ。だが目撃《もくげき》談が皆無《かいむ》ということは、よほどうまく人を使ったか、もしくは近くに隠したかでしょう。彼にそんな手駒《てごま》があるとは思えませんが、隠し場所はなくもない」

シルフレイアは戸惑って彼を見つめた。

「どういうことですか？」

「……彼は王族ではありませんが、何者かが情報を提供すれば、王宮の隠し通路に――」

突然《とつぜん》、カインは言葉を切った。ゆっくりとふりむいた彼につられてそちらに目をむけたシルフレイアは、息をのんだ。

いつからそこにいたのか、戸口に第三者の姿があった。その表情からしてただの間の悪い訪問というわけではなさそうだ。

訪問者――リヒャルト・ラドフォード卿《きょう》は無言でカインを見てから、おもむろに視線を転じた。

「……侯爵というのは、いま出ていかれたエーギン侯爵のことですか？」

静かに、冷静なまなざしを向けられる。

シルフレイアは直感した。――これ以上はもう、ごまかせない。

突然訪ねてきた姉弟子、その姉弟子と深夜ひそかに会っていた王太子、そして王太子と懇意《こんい》であるラドフォード卿の訪問。何がしかの情報が伝わり、探りにきたと考えるのが自然だろう。

カインが問うように視線をくれる。いつになく緊迫《きんぱく》した目を向けられ、シルフレイアは小さくうなずいた。

もう迷っているひまはない。腹を括《くく》らなければならない時がきたのだ。

その夜。ミレーユは、サロンの大卓に並べひろげた書類を難しい顔で眺《なが》めていた。

フレッドが作った肝試《きもだめ》し大会の草稿《そうこう》によれば、当日の順路は主に北の旧城、そして書物館のある西の一部地域である。その途中《とちゅう》にいくつかの印がつけてあるのだ。

「この印、何だと思う？」

差し出すと、向かい合って別の書類に目を落としていたリヒャルトは顔をあげ、それを眺めた。

「……たぶん旧道じゃないかな。ぜんぶじゃないですが、いくつかは合ってますし」

「旧道って？」

「書物館でアシュウィックが言っていたでしょう。大昔の城主が作ったっていう迷路《めいろ》の成れの果てです。万が一迷い込んだら危険だからというので、フレッドが目印をつけておいたんでしょう」

怪談《かいだん》めいた話を思い出し、ミレーユはぶるりとふるえる。

「でも、今は使われてないのよね？」

「ええ。ほとんど埋《う》められてますし、現存していても場所は非公開ですからね」

「秘密ってこと？　じゃあフレッドは何で知ってるのかしら。この印の場所のこと」

リヒャルトは軽く笑い、それからあらためて書類を眺めた。

「彼は陛下に近しい王族だし、秘密を知っていてもふしぎじゃないですよ。もともとこれは城《しろ》攻《ぜ》めにそなえて作られた脱走《だっそう》用の抜《ぬ》け道なので、一部の王族には知らされているんです。でもそれ以外で知っている人間はもうこの世にはいないし、七年前にぜんぶ……」

言いかけてリヒャルトは言葉を切った。

「どうしたの？」

ふしぎに思って声をかけると、彼は繕《つくろ》うように笑《え》みをうかべた。

「いえ、なんでも。――それより今日、ルーディが来たそうですね」

急に話題を変えられてミレーユはちらりと不審《ふしん》にも思ったが、気になる人物の名前を出されて、ついそちらに食いついてしまった。

「あの人が魔女《まじょ》ってほんと？　あんなに派手で美人で胸も大きくて、目立ちまくりじゃない。しかも王宮に出入りしてるなんて」

ミレーユは物語の中でしかその存在を知らないが、少ない知識の中では魔女というのは閉鎖《へいさ》的で日陰《ひかげ》にひっそり生きている印象がある。派手好きで開放的な国民性のリゼランド人にはあまり現実感がない。

「たぶんあなたが考えているような魔女とは違《ちが》うと思いますよ。薬師とか発明家とか、そういう肩書《かたが》きに近いかもしれない。あちこち飛び回っているから珍品《ちんぴん》を手に入れる機会も多いようで、王宮に売りにくるんですよ」

「珍品……って、もしかして」

「ええ。フレッドは常連です。ちなみにヴィルフリート殿下《でんか》も」

やはりか、とミレーユはため息をついた。兄が実家に遊びにきたとき、「魔女からもらった」といってあやしげなお菓子《かし》をくれたことがあったが、もしやあれも彼女の製作物だったのだろうか。

それにしても、王太子と深夜に密会していたのが『魔女』だったのは意外だ。

「ここだけの話、あの人ってやっぱりジークの恋人《こいびと》とかなの？」

他《ほか》にだれもいないのについ声をひそめて訊《たず》ねると、リヒャルトは苦笑《くしよう》した。

「いや……。ジークはああいう趣味《しゆみ》はないと思いますよ」

「ほんと？　意外ねえ。真っ先にハーレムに入れそうなのに」

女の自分から見ても彼女は魅力《みりよく》的な女性だった。胸のあたりが特にだ。

しばし黙《だま》ってから、ミレーユはコホンとせき払いしてリヒャルトを見た。いつか練習台を買って出るときのために、多少はそのあたりを探っておくべきだろう。

「リヒャルトは、ああいう感じの人がいい？」

「まさか。俺もああいう趣味はないです」

彼はあっさり否定した。あまりにあっさりすぎて、ミレーユは焦《あせ》ってしまった。

「なんで⁉　あんなに素晴《すば》らしい胸を持っていてもだめなの？　じゃあ、あたしはいったいどうすれば……」

「……どうもしなくていいんじゃないですか？」

「そういうわけにはいかないわよ。あたしだって一度でいいからあんなふうに揺《ゆ》れてみたいわ。いったい何を食べたらあんなに大きくなれるんだろ……」

せつなくなってきて、ミレーユはため息をついた。リヒャルトは曖昧《あいまい》な顔で口を開く。

「まあ……そのうち何とかなるのでは」

「そうかしら。そう思う？」

「はあ。……たぶん」

何とも答えづらい問いになんとか答えると、ミレーユはやる気を取り戻《もど》したようだった。

「そうよね、まだ希望を捨てちゃいけないわよね。よしっ、続きをやるわよ！　ええと、参加希望者は……って、リディエンヌさまも？　パパの名前まであるし……。みんな物好きねえ」

名簿《めいぼ》をとりだし、班分けに取りかかる。ぶつぶつ言いながらも楽しそうだ。

切り替《か》えの早い女心はやっぱりリヒャルトにはつかめなかった。彼はひそかに嘆息《たんそく》してふたたび書類に目を落とした。

真夜中すぎ。妙《みょう》に静かになったことに気づいて顔をあげると、ペンをにぎったままミレーユはすやすや眠《ねむ》っていた。

幸せそうな寝顔《ねがお》からすると見ている夢は楽しいもののようだ。乙女《おとめ》の寝顔を見るなんて、と怒《おこ》られるのは百も承知で、リヒャルトは頬杖《ほおづえ》をついたまま少し笑って彼女の寝顔を眺めた。

フレッドの話の中でのみ生きている存在だった彼女が、こうして目の前にいる。笑ったり怒ったり泣いたりして、その度《たび》にこちらを振《ふ》り回す。こんな日がくるなんて考えてもみなかった。親友が毎日飽《あ》きずに自慢《じまん》する妹とは、いったいどれほどの出来た少女なのか。彼に代わって守ってやらねば。——出会ったころは、それくらいの感情しかなかった。

さすがに今は、単なる好奇心《こうきしん》と保護意識という枠《わく》に収まりきらない気持ちを自覚しているが、その感情にうまく説明をつけることができない。一緒《いっしょ》にすごした時間はごく短いものなのに、ぐいぐい心の中に侵入《しんにゅう》してくるから、頭の中での処理が追いつかないのだ。

とても心地《ここち》良くて、すこしだけ胸がうずく。まるで、懐《なつ》かしい思い出の中にいるような——。

リヒャルトは立ち上がり、座ったまま眠っているミレーユの指からペンをはずした。

かくん、と腕《うで》にもたれてくるのを受けとめて、ついため息がもれる。

「無防備すぎだ……」

こういうところはちょっとだけ憎《にく》らしい。まるで試されているような気がする。

金の髪《かみ》をそっとすくうと、王女に負わされた額の傷があらわになる。目にしたとたん苦い思いがこみあげた。

　当人はまったく気にしていないようだが、そうであればあるほど責任を感じてしまう。目の前で陶器《とうき》をぶつけられ、流血した一部始終を見てしまったこちらの心労も察してほしいものだ。彼女はいつも無謀《むぼう》で、思い切りが良すぎる。

　この髪もそうだ。男装のためとはいえ、まさかこんなに短く切ってしまうなんて思わなかった。ごまかす方法はいくらでもあったのに。

　公爵《こうしゃく》もフレッドもその行動力に度胆《どぎも》を抜かれていたが、一番驚《おどろ》いたのはたぶん自分だろう。十二まで過ごしたシアランでは、女性が髪を短くするのは一番の屈辱《くつじょく》だとされていた。だからそれをあっさりやってのけたミレーユが強く心にやきついたのかもしれない。

　そこまで思われているフレッドにときどき嫉妬《しっと》してしまう。互《たが》いが唯一《ゆいいつ》無二の兄妹《きょうだい》の間にはたして入り込める余地はあるのだろうかと、大人《おとな》げなく思うこともある。

　ふと、見下ろす寝顔に遠い昔の記憶《きおく》がかさなって、心の底に暗い感情がよどんだ。

　これ以上深入りしないほうがいいのかもしれない。大事なものがこれ以上増えてしまわないうちに、冷静になったほうがいい。

「……」

　抱《だ》きあげようとした一瞬《いっしゅん》、唇《くちびる》が吐息《といき》をもらして、リヒャルトは思わず動きをとめた。

　ついふれたくなって、指をのばしかける。だが誘惑《ゆうわく》に負けそうになったとき、幸か不幸か訪問者がやってきた。

「――あら、ふたりだけ？　他のやつらは？」

扉《とびら》をあけた金髪の魔女は意外そうに目を見開いた。リヒャルトはひとつ息をついて向き直る。

「……もう官舎に戻ったよ」

「なんで？　仕事もせずに」

「さあ」

いやに力強いまなざしで我先にとリヒャルトの肩《かた》をたたき、颯爽《さっそう》と帰っていった同僚《どうりょう》たち。いったい何を期待されたのかいまいちよくわからなかった。

「しかもこいつも寝《ね》てるじゃない。シルフィのことで話があって来たのに」

「話なら俺が聞く。すこし待っててくれ」

「あ、……ええ……」

ミレーユを抱《かか》えてサロンを出ていくリヒャルトの背中に、ルーディはいぶかしげにつぶやいた。

「なんでお姫様抱っこ……？」

身代わり伯爵《はくしゃく》はあちらこちらで多大な誤解を生み続けていた。


その日もミレーユはいつも通りの爽《さわ》やかな朝をむかえた。

ここ数日は仮眠室《かみん》に寝泊《ねと》まりしているが、なかなか快適なものだった。毎朝セオラスが官舎からできたての朝食を運んできてくれるのも最高だ。

ただ、別邸《べってい》に帰れないせいで父が発狂《はっきょう》寸前になっているらしいと風の噂《うわさ》できいた。それだけが気がかりだ。リヒャルトに厳しく当たっているようなので「今度いじめたら絶交するわよ」と念を押しておいたが、視界に入ってこないということはやはり屋敷《やしき》で落ち込んでいるのだろうか。

(反省してるだろうし、そろそろ帰ってあげたいけど。でも肝試《きもだめ》し大会が終わるまでは無理よね。大人なんだからちょっとは辛抱《しんぼう》してもらわなきゃ)

そんなことを思いながら、いい匂《にお》いにつられて寝台《しんだい》をおりる。ふと隣《となり》の寝台でなにか動いた気がして何気なく目をやった。

それを見た瞬間《しゅんかん》、ミレーユは息をのみ、自分でも信じられないような金切り声で絶叫《ぜっきょう》した。

凄《すさ》まじい悲鳴がして、リヒャルトは飛び起きた。

すぐさま剣《けん》を探《さぐ》るが、なぜだか手にふれない。別の場所に置いたのだろうか。

訓練のせいで身体的《しんたい》な目覚めは克服《こくふく》したが、もともと寝起《ねお》きはすこぶる悪い。いまも頭の中はまだ半分まどろんでいる。

リヒャルトは髪をくしゃりとかきあげながら、そこに立っている相手を見上げた。

「…………ミレーユ？」

化け物と遭遇《そうぐう》したかのように引きつった顔をして硬直《こうちょく》しているのは確かにミレーユだ。

「あれ……なんで……」

咄嗟《とっさ》に自分がどこにいるかわからず、かすれた声でうめいた。

男だらけの官舎に来るなど非常識な。しかも寝込みを訪ねてくるなんて。寝ぼけて何をするかわからないというのに、早く出ていったほうが身のためだ。

第一、これが知れたら間違《まちが》いなくベルンハルト公爵に殺される。そのことに気づいてリヒャルトは声を押し出した。

「すぐに行きますから……先に出ててください……」

しかしミレーユの視線は自分ではなく横のほうに注がれている。つられるようにふりむいたリヒャルトは、まじまじとそれを眺《なが》めた。

同じ寝台の隣にルーディが寝ている。めくれた薄毛布《うすもうふ》からは白い肩がのぞき、髪がうねって広がっていた。

「なんだなんだ、さっきの悲鳴……」

ふいにどやどやと足音がして、同僚たちが乗り込んできた。

「お嬢《じょう》？　どうした——」

のぞきこんできたセオラスが口をつぐむ。なぜかその後ろからあらわれたジークが、興味ぶかげにこちらを見て、言った。

「……仲の良いことだな。狭《せま》い寝台にわざわざふたりで寝るとは」

とたん、それまで呆然《ぼうぜん》と蒼《あお》ざめていたミレーユの顔が真っ赤になった。

彼女はおろおろと目を泳がせ、しどろもどろで弁解をはじめた。

「ご、ごめんなさい、見るつもりはなかったんだけど、視界のすみに映っちゃったからつい……。でででも、見てないからっ、あ、あたし、ぐっすり寝てたから、ほんと、気づかなかったからっ」

激しく動転している。気だるげな表情のリヒャルトを見てますますうろたえ、涙目《なみだめ》になった。

「どうしよう、頭の中が邪《よこし》まな妄想《もうそう》でいっぱいに……。あらゆる情報が総動員してとまらないわ！　余計な知識なんか仕入れるんじゃなかった……。ていうかなんであたしが寝てる隣でそういうことするの!?　自分んちでやってよ！　しかもやっぱり大きいのが好きなんじゃない！最っ低!!」

「……うるさいわねー……」

耳年増な自分を呪《のろ》いつつ罵声《ばせい》をあびせていたミレーユは、びくっと口をつぐんだ。

もぞもぞと毛布が動き、魔女《まじょ》が不機嫌《ふきげん》な顔で身体をおこす。寝起きというのに化粧《けしょう》はばっちりだ。

「なんの騒《さわ》ぎ？　さっき寝入《ねい》ったばっかりなんだから、静かにしてよ。ねー、リヒャルト」

甘えた口調でリヒャルトにしなだれかかり、豊かな胸を押しつける。ヒィッと息をのんで引きつるミレーユを非難がましい目で見た。

「邪魔《じゃま》するなっていつも言ってんでしょーが。リヒャルトが寝ぼけてる時が一番の好機なのよ？　ほんっとに気の利《き》かないやつらねえ。ほらフレッド、あとで新作見せてやるから、大人しく出ていきなさいよっ」

「お、おい、ルーディ……」

「あ、新作といえば、例の薬どうだった？　ちょっとは妹の貧乳、改善された？」

そわそわしながら止めようとするセオラスを無視し、ルーディは思い出したように訊《たず》ねた。

目を瞠《みは》ったミレーユを見て、ぷっと吹《ふ》き出す。

「その顔からするとだめだったみたいねー。かわいそうに。あれで効かなきゃ相当まずいわよ。実は妹じゃなく弟だったりするんじゃないのー？　そりゃ嫁《よめ》のもらい手もないわけだわ」

アハハハとルーディは楽しげに笑う。

深々と乙女心《おとめごころ》をえぐられてミレーユはショックのあまり青ざめた。自分でもうすうす感じていた不安をあっさり口に出して笑うとは、ゆるしがたい侮辱《ぶじょく》だ。

しかし悲しいかな、ここまで完璧《かんぺき》な体形の彼女に反論する言葉が見つからないのも事実である。

やり場のない怒《いか》りは、いつも八つ当たりを受けてくれる彼へと向かった。ミレーユはぼんやりと黙《だま》ったままのリヒャルトを涙目でキッとにらみつけた。

「……そんなふしだらな人とは思わなかった。もう絶交するから、二度と話しかけないで！」

憤然《ふんぜん》と言い放つと、踵《きびす》を返して部屋を出ていく。騎士《きし》たちは、あちゃー、と目を見交《みか》わした。

「はあ？　絶交って、女子供じゃあるまいし……。あいつ、いつにも増しておかしいわね」

ルーディは不審《ふしん》そうにつぶやいたが、特に興味もないのかあくびをして寝台に倒《たお》れこんだ。すぐさま寝息《ねいき》をたて始める。

「いつまで寝ぼけているつもりだ。早く状況《じょうきょう》を把握《はあく》したまえ」

ジークが半ばあきれたように上着を放り投げる。それを顔面で受けたリヒャルトは、自分がシャツ一枚のだらしない恰好《かっこう》でいることに気がついた。

ようやく頭が冴《さ》えてきて徐々《じょじょ》に現状を理解するとともに、顔からも血の気が引いていく。

なぜこうなる。明け方まで話してからサロンの長椅子《ながいす》で仮眠をとっていたはずなのに、どうしてルーディと同じ寝台で寝ていたのか。さっぱりわけがわからない。

「つくづく間の悪い男だな、きみは……」

頭をかかえるリヒャルトに、ジークはゆったりと感慨《かんがい》深げに感想をのべた。ふと名案を思いついたかのように笑顔《えがお》でつけくわえる。

「そうだ、これからは略して『間男』と呼ぶことにしよう」

「やめてください」

ため息まじりに即却下《そくきやつか》して、リヒャルトは寝台を抜《ぬ》け出した。

上着をはおりながらよろよろと出て行くのを、騎士たちは同情のまなざしで見送る。

「すげー落ち込んでる……」

「なんか、かわいそうになってきたな……」

「だいたいなんで今日に限って一緒《いっしょ》の寝台にもぐりこんだんだ、こいつは」

早くも眠《ねむ》りこける魔女を見下ろし、騎士たちは大きなため息をついた。

思いがけない魔女の乱入は彼らにとっても大きな死活問題となりそうだった。


その日、黄薔薇《きばら》の宮の三時のお茶の席は、めずらしくにぎやかなものとなった。

同じテーブルについているのはカインとルーディ、そしてリヒャルトである。もちろんただの茶会ではなく、まじめな話をするためにシルフレイアが設《もう》けた会合だった。

「——まあ。おふたりが、絶交を」

シルフレイアはひんやりとした声でくりかえした。向かいに座るリヒャルトは憮然《ぶぜん》と黙りこくっている。もともと落ち着いている人だが今日は特に覇気《はき》がない。

朝の出来事を一部始終話してきかせたルーディは、眉《まゆ》をひそめて嘆息《たんそく》した。

「まったく、こっちは商売あがったりよ。せっかく新作の発明品を売りつけにきたのに、あいつったらわたしの顔を見るなり真っ赤になって逃《に》げ出すんだから。リヒャルトも言われたんでしょ？　顔を見てると妄想がとまらないから視界に入るなとか。ほんっと、わけわかんないわあ」

「…………」

「でもリヒャルトもひどいわよね。サロンでうたた寝してたから仮眠《かみん》室に運んであげたのに、余計なことするな、なんてさ。わたしがどんなに苦労しておぶって行ったかわかってんの？」

疲《つか》れた顔で黙り込んでいたリヒャルトは、耐《た》えかねたようにルーディに抗議《こうぎ》の目をむけた。

「だからって、同じ寝台《しんだい》にもぐりこむ必要があるのか？」

「しょうがないじゃない、そこで体力がつきて眠くなっちゃったんだから。つーかいつもやってるのに、今さら文句言われる意味がわかんないんだけど。わたしが添《そ》い寝したからフレッドが怒ったなんて、明らかに言いがかりじゃない」

ぶつくさ言う姉弟子《でし》の言葉に、シルフレイアはちらりとカインを見た。猫《ねこ》好きの子爵《ししゃく》は無言で視線を落としている。

気の毒に、とシルフレイアは内心つぶやいた。『伯爵』も、ラドフォード卿《きょう》もだ。

そもそもこの騒動《そうどう》を引き起こした元凶《げんきょう》は、いったい今どこで何をしているのだろう。

ベルンハルト伯爵。――一年前、あっさりシルフレイアの求婚《きゅうこん》を断った男。

おかげで十八になってしまったというのにこちらは未《ま》だ独身のままだが、ちょっとだけ助かったかもと思わなくもない。王宮に滞在《たいざい》してだいぶたつが、彼の人気の凄《すさ》まじさには日々圧倒《あっとう》されている。

もし順調に結婚していたらきっと毎日のように呪《のろ》いの品々が届けられたことだろう。呪詛《じゅそ》返しは得意だが、数が多いと対応しきれないかもしれない。

何より彼は、口先だけの嘘《うそ》つき男だ。夫にするにはふさわしくない。

けれど――彼のことはどうでもいいけれど、いま王宮にいる『伯爵』は気の毒だと思う。自分と縁談《えんだん》が進んでいるという噂《うわさ》のせいで親衛隊に襲《おそ》われたと聞いた。申し訳ないことだ。

本物はいけすかないがあの『伯爵』のことは好きだった。本物よりはるかにお人好《ひとよ》しそうで、笑顔や言葉のひとつひとつ、どれをとっても嘘がない。もっと言えば裏表がないからだ。

向こうはこちらをどう思っているのか知らないが、いつも人の悪意と向き合ってきたシルフレイアにとっては、どんなにか心の休まる相手だった。

できれば違《ちが》う形で知り合いたかった。政略結婚や襲爵《しゅうしゃく》の儀式《ぎしき》、そして行方《ゆくえ》不明の捜《さが》し物。もろもろの心配事がなければ、もっと心から仲良くなれた気がするのに。それが素直《すなお》に心残りだった。

「——そろそろ本題に入ってもいいだろうか。ちょっと眠くなってきたんだが」

カインの言葉に、シルフレイアは現実に引き戻《もど》された。昼間は頭が働かない彼が進んで同席してくれているのだ。時間を無駄《むだ》にしてはいけない。

「……お姉様はどこまでお話しになったのですか？」

ちらりとルーディとリヒャルトに目をやると、金髪《きんぱつ》の魔女は少し後ろめたそうな顔でシルフレイアを見返した。

「だってあんた、言うなっていうけど、あれがなきゃ困るんでしょ。ジークとかにも相談して手っ取り早く解決したほうが……」

「そんなことをしたら侮《あなど》られます。アルテマリスの方々にもコンフィールドの民《たみ》にも。わたしは自分の過《あやま》ちは自分で解決したいのです」

アルテマリスと渡《わた》り合うための道具をアルテマリスの王族に捜してもらうのは、国の恥《はじ》だ。

襲爵の儀《ぎ》についで行うアルテマリスとの同盟の儀。それに臨《のぞ》むには国宝の剣《けん》が必要となる。国の貴色をあらわす宝石をはめこみ、鞘《さや》を抜かずに交差させるのだ。剣の交差は武力同盟の証《あかし》、鞘を抜かないことで互《たが》いを侵略《しんりゃく》しないという誓《ちか》いとする。

アルテマリスと同盟関係にある国々では、国主が代替《だいが》わりするとき決まってこの儀式を行う。アルテマリスと同盟の誓いを交わさないということは、縁戚《えんせき》関係によって広く結ばれた西大陸での孤立《こりつ》を意味するといっても過言ではない。

その国宝が黄薔薇の宮から消えたのは、王宮に入って三日がすぎたころだった。宝石だけははめこまずに手元に置いていたものの、剣の入った箱をまるごと盗《ぬす》まれてしまったのだ。

「盗んだのは、たしかにエーギン侯爵《こうしゃく》なんですね？」

リヒャルトは確認《かくにん》するように訊《き》いた。ルーディからすでに事情を聞かされているのだろう。今さら隠《かく》しても仕方がない。少しためらったが、シルフレイアは結局うなずいた。

「……本人がそう言っているのでそうだと思います」

「では、自分が侯爵に話をします」

シルフレイアは驚《おどろ》いて彼を見た。

「姫《ひめ》、殿下《でんか》はとうにこのことを気づいておいでです。それでもあなたの意志を尊重して知らないふりをしておられた。でももう時間がありません。アルテマリスのためにも介入《かいにゅう》せよとの命がありました」

冷静に告げられたのはもっともな命令だった。自分の無力さを突《つ》きつけられた気がして、シルフレイアはひそかに悔《くや》しさをかみしめる。

真に国のためを思うなら素直に助力を請《こ》うべきだっただろう。だが伯父《おじ》とはいえ大国の君主である人に向かって、国宝をむざむざ盗まれたあげく脅《おど》されているなどとはとても申し出ることができなかった。ひとりでは何もできない若い国主と侮られたくなかったし、第一、コンフィールドの民にも歓迎《かんげい》してはもらえないだろう。だから、なんとしても自分の力で解決したかった。

小国ながらも国主となるのだから、だれにも弱味を見せてはいけない。子どものころから自分にそう言い聞かせてきた。だが現実はうまくいかないものらしい。

「――それで単純に話がつくだろうか。侯爵ひとりの企《たくら》みではないかもしれない」

それまで黙《だま》っていたカインがおもむろに口を開いた。リヒャルトは真顔でうなずく。

「今まで表立って動かなかったのは正しい判断だと思う。だがこれ以上出方を見るのは時間的にも難しい。殿下からのご命令は、きみが本件の総指揮をとること、陛下にはお知らせしていないので気づかれないようひっそり片づけること。このふたつだ」

「謹慎《きんしん》じゃないのか……。このうえ失策したらただじゃおかないということかな」

カインのつまらなそうなつぶやきに、シルフレイアは小さく息をのんだ。盗まれた剣を、だれにも言わずに一緒に捜してくれていた彼。こんな大事を黙っていたのだから当然罰《ばっ》がくだるだろう。

「なんでカインが総指揮？　フレッドじゃなくて？」

ルーディのいぶかしげな問いに、カインとリヒャルトは目を見交《みか》わす。聞こえなかったことにしてふたりはシルフレイアに視線をうつした。

「おそらく向こうも何がしか接触《せっしょく》を図《はか》ってくるでしょう。侯爵の件はお任せくださいますか」

「もう日がないことだし、来るとしたら例の肝試《きもだめ》しの日あたりだろうな」

口々に言われ、シルフレイアは思わず小さなため息をもらした。

団長は嘘つきで腹黒なのに、彼の部下たちはなぜそろいもそろって親切な人ばかりなのだろう。そのうえ優秀《ゆうしゅう》とくる。そんな人材をもつ王太子がうらやましい。

だからこそゆずれない。彼女はひそかに心を決めた。

エーギン侯爵と話をつけるのは自分の役目だ。

コンフィールドを背負って立つのは、他《ほか》ならぬ自分なのだから。

第四章　王宮肝試し大会開催

「えっ。わたくしはミレ……いえ、伯爵とご一緒《いっしょ》できないのですか？」

順路の描《えが》かれた紙を胸にだいて、リディエンヌはうるんだ瞳《ひとみ》でミレーユをみあげた。

肝試しとやらの経験がない彼女は、フレッドから世間話のついでに聞かされた今回の催《もよお》しを楽しみにしていたらしい。当然ミレーユと一緒に回るものだと思っていたようだ。

なぜか気に入られているようで、うれしいのだが、今日ばかりは浮《うわ》ついていられないのがつらいところだ。

「ごめんなさい。リディエンヌさまはジークと同じ班になってるんです。わたしはシルフレイア姫をご案内するので」

申し訳なく思いつつそう言うと、リディエンヌはがっかりしたように肩《かた》を落とした。

「わかりました……。では殿下で我慢《がまん》します……」

「リディ……」

ジークがつぶやいた。めずらしくショックだったようだ。黄金の薔薇《ばら》とうたわれる王太子、意外とぞんざいな扱《あつか》いを受けているのだろうか。

しかし今はそんなちょっと愉快《ゆかい》な疑惑《ぎわく》に深くかかわっているひまはない。これからまさに王宮肝試し大会がはじまろうとしているのだから。

それはごく簡単な条件のもとに行われる遊戯《ゆうぎ》だった。

王城のほぼ中央にある青の宮殿《きゅうでん》を出発し、決められた順路をたどって北旧城をぬけて戻る。その間、順路には一定の間隔《かんかく》をおいて五ヶ所に木の札が置いてあり、それぞれ色の違《ちが》う五色の木札を一枚ずつとって最終的に五枚すべてを持って帰ってくるという、それだけの単純なものだ。

ただしその順路には、白百合《しらゆり》だけでなく紅薔薇や青薔薇からも人を借りて、護衛兼脅《けんおど》かし役を多数配置している。各地点ごとに伝説の怪物《かいぶつ》や歴代城主の扮装《ふんそう》をしてもらい、軽く寸劇なども盛り込んで脅かしてもらうつもりなのだが、はっきり言うとノリノリなのは白百合の面々だけである。その他の騎士《きし》たちはちょっと迷惑《めいわく》そうではあったが、警備のためだ。我慢してもらうしかない。

説明書きと順路の地図を配り、班ごとに参加者を分けていく騎士たちを見ていると、どこからともなく現れたエドゥアルトが落ち着かない様子で耳打ちしてきた。

「ミレーユ、この書類は何かの間違いだろう？　私ときみが別の班だなんてありえないじゃないか」

「間違ってないわ、書いてある通りよ。それと今はミレーユじゃないんだからその名で呼ばないで」

「何だって⁉　信じられない、だれの陰謀《いんぼう》だっ。私が何のために参加したと思って……っ。しかもちゃっかりリヒャルトは同じ班じゃないか。また自分だけミレーユとべたべたするつもりかっ」

一方的に絶交中の彼の名を出されてミレーユは思わず赤くなる。あれ以来、顔を見るのも恥《は》ずかしくてろくに話もしていない。

「べたべたなんかしないわよっ。もう、忙《いそが》しいんだから自分の班に戻って！」

小声で反論し、なおも言い縋《すが》ろうとする父を追いやろうとしていると、シルフレイアが歩いてくるのが見えた。気のせいか、どことなく思いつめた顔をしているようでもある。

「シルフレイアさま？　大丈夫《だいじょうぶ》ですか、ちょっと顔色がよくないみたいですけど……」

近づいて声をかけてみると、彼女は一瞬《いっしゅん》ためらうように目を泳がせた。

だが結局は「大丈夫です」と短く答えただけで、あとはもう何も言わなかった。

明るい月夜だった。

くじで決めた順番がめぐってきて、ミレーユとシルフレイア、そしてリヒャルトとカインの四人は北の旧城へと向かっていた。

第一の地点は旧城の入り口。その先はもう暗い廊下《ろうか》が長く奥へとつづいている。ところどころ明かりを灯《とも》しているが、距離《きより》があるせいでぼんやりと薄明《うすあか》るく、かえって不気味に見える。

白い布がかけられた台に、色がぬられた木札が積んである。最初は赤い札だ。

一枚とろうと手をのばしたとき、廊下の暗闇《くらやみ》からいきなり何かが飛び出してきた。

「血をおくれえ——！」

「うひゃあ！」

脅かし役がいるのは把握《はあく》済みなのに、つい奇声《きせい》を発してしまった。冷静な他の三人をよそにひとりだけ飛び上がる伯爵《はくしゃく》を見て、脅かし役はちょっとうれしそうだ。ドレス姿のいかつい彼はまぎれもなく白百合騎士団のひとりだった。

「初代城主、ヘンリエッタ・ヴァルブルグですね。若い娘《むすめ》の血を好み、かどわかして虐殺《ぎゃくさつ》した少女は数千人にのぼるとも言われています」

無表情のまますらすらとシルフレイアが解説する。カインはうなずき、ヘンリエッタ役に訊《たず》ねた。

「なにか変わったことはないか」

「いんや。今のところはなにもないぜ」

鬘《かつら》をとってつるりとした頭をなでながら彼は答える。気をつけろよ、と見送る彼に別れをつげて、一行は旧城の中に足をふみいれた。

時々、悲鳴らしきものが遠くからする。このぶんなら肝試し大会は成功といってもいいだろうか。

「ゆるさんぞー、きさまー」

「なにをー。怪物め、退治してくれるわー」

どこからか棒読みのせりふが聞こえてきた。よく見ると前方にふたつの影《かげ》がある。見るからにやる気のない演技を披露《ひろう》しているのは、ふたつの頭と四本の腕《うで》をもった怪物、そして古風な衣装を身につけた術師ふうの男だった。

「あれは古代の魔物《まもの》サムサムですね。峠《とうげ》に出ては旅人を襲《おそ》い、幻術《げんじゅつ》で石に変えて食べてしまうと聞きます。そして彼はサムサムを退治したことで有名なさすらいの魔術師、風のファラザールです。これは両者の最終決戦であったアルドヘルムの丘《おか》の一場面ですね」

心なしかいきいきとしてきたシルフレイアの解説に、怪物と魔術師はちょっと気恥《きは》ずかしそうに黙り込んだ。

この照れ具合は明らかに白百合騎士団の者ではない。現に、通過しようとしたミレーユをふたりは恨《うら》めしそうな顔でにらみつけた。あんな扮装をして小芝居《こしばい》をするのは本意ではないのだろう。だが指示したのはフレッドだ。恨むのなら彼を恨んでもらいたい。

それからしばらくは白百合以外の騎士たちが奮闘《ふんとう》する区域だった。演技力皆無《かいむ》の寸劇をいやいやながらも律儀《りちぎ》に披露してくれた彼らは、シルフレイアの冷静かつ的確な解説をきくと、恥ずかしさが倍増するのか急に無口になるのだった。

回廊《かいろう》の端《はし》に座り込む影と遭遇《そうぐう》したのは、二つ目の木札を手にしてしばらく進んだころだった。

そのあたりには脅《おど》かし役はいないはずだ。怪訝《けげん》に思って近づいてみると、相手も気づいたのか振《ふ》り返って立ち上がった。

「これはベルンハルト伯爵。よかった、どなたかが通られるのを待っていたのですよ」

青白い顔をしてそう言ったのはエーギン侯爵《こうしゃく》である。なでつけた髪《かみ》はほつれ、弱々しい様相だ。

「どうされたのです？」

「ええ、少し気分が悪くなってしまって……」

急病人とは思いがけない事態だ。ミレーユは急いであたりを見回した。

「大丈夫ですか？　すぐに人を呼んで救護班に連絡《れんらく》を……」

「いいえ、座って大人《おとな》しくしていたらだいぶよくなりました。せっかくなので続けさせていただきたい。ぜひご一緒させてください」

いくらか力を取り戻《もど》した声で彼は申し出た。体調は本当に大丈夫なのかと気になったが、こう言われては断るわけにもいかない。

予想外の人物と同行することになった一行は、微妙《びみょう》な緊張感《きんちょうかん》をはらんだまま先へと進んだ。

三つ目の木札を手に入れて、もうすぐ四つ目の地点というところまできたとき、異変が起こった。

「それは『蒼神《そうじん》の息吹《いぶき》』と呼ばれる伝説の秘剣《ひけん》だぞ！　それをこのようなぞんざいな扱いにす

るとはけしからん！　責任者を呼べ！」

聞き覚えのある高飛車な声に、困ったようになだめる声がいくつか続く。

近づいてみるとそれはやはりヴィルフリート王子だった。彼の近衛たちが懸命《けんめい》になだめている。

彼らはミレーユたちに気づくといっせいに騒《さわ》ぎはじめた。

「これはどういうことだフレデリック！　貴様が泣いて頼《たの》むから僕はこれをあきらめたんだぞ！　それなのにこのような趣味《しゅみ》の悪い仮装の小道具にするとはっ」

「伯爵、あなたはなんという非道な方だ」

「殿下《でんか》がおいたわしい」

「ちょ、ちょっと、落ち着いてください。ていうかそれってただの錆《さ》びついた短剣《たんけん》じゃ……」

その場はたちまち収拾《しゅうしゅう》がつかなくなる。何とかなだめようとミレーユは声をはりあげるが、いっこうに効き目はない。

一方、騒ぎを離《はな》れて見ていたエーギン侯爵はふと胸元《むなもと》に手をやった。慌《あわ》てた様子でごそごそと探《さぐ》り出すのを見て、リヒャルトが声をかける。

「どうかなさいましたか」

「ああ……大切な懐中時計《かいちゅう》をどこかに落としてしまったらしい。困ったな。戻って探してみるよ」

シルフレイアはちらりと侯爵を見た。それには気づかず、リヒャルトが進み出る。

「では私もご一緒《いっしょ》します」

侯爵は少したじろいだような顔をしたが、すぐに笑《え》みをうかべた。

「そうかい。悪いね、ラドフォード卿《きょう》」

「いえ。——カイン、あとは頼む」

カインは無言でうなずく。ミレーユはヴィルフリートにかみつかれながらも、薄闇《うすやみ》を遠ざかっていくリヒャルトと侯爵を見やった。

ふしぎと、なにか嫌《いや》な感じがしていた。言葉にあらわせない、理屈《りくつ》ではない何かが。

目線を戻すと、シルフレイアと目が合った。彼女は何も言わずカインに目をむけた。

「ゼルフィード子爵《ししゃく》。ラドフォード卿に同行願えませんか。わたしたちはここで待っていますから」

「その必要はありません。すぐ戻るでしょう」

カインは静かな調子で答える。だが、シルフレイアはなぜか少し落ち着かないそぶりをした。

「ここには人がいます。安全です」

「……それはどうでしょうかな」

カインは言うなり、いきなり剣を抜《ぬ》き放った。

目を見開くミレーユに、彼はいつにない素早《すばや》さで指示をだす。

「合図をしたら、姫《ひめ》の手を引いて北に走れ。セオラスたちがいるから知らせてくれ」

「は……？　いったい、なに……」

訊《き》き返そうとして、ようやく気がつく。背後の闇《やみ》からあらわれたいくつもの影に。どう見ても肝試《きもだめ》しの脅かし役ではなかった。彼らは一様に鈍《にぶ》く光る刀身をかまえ、目だけを残して顔に布を巻きつけている。

ミレーユはわけがわからず立ちすくんだ。カインが掌《てのひら》を開き、白い球をとりだす。

「行け！」

鋭《するど》い声とともに、彼はそれを床《ゆか》に投げつけた。

「小麦丸か⁉　なにごとだ！」

ヴィルフリートが叫《さけ》んだ。白くけぶる視界から身を翻《ひるがえ》し、ミレーユはかたわらのシルフレイアの手をつかんだ。

「みんな逃《に》げて！　ヴィルフリートさま、ついてきてください！」

くぐもった雄叫《おたけ》びと、金属のぶつかる音が回廊にこだまする。

走りながら後ろをふりむいてみたが、すでに闇に閉《と》ざされて何も見えない。追いかけてくる白煙《はくえん》から逃《のが》れるように、次の明かりを探して走る。

「フレデリック、これは何の余興だ！」

すぐ後ろでヴィルフリートが叫ぶ。こっちが聞きたいくらいだとミレーユは泣きそうになった。

あれほどたくさん護衛の騎士《きし》たちを配置していたのに、あの物騒《ぶっそう》な輩《やから》はいったいどこから侵《しん》入《にゅう》したというのだろう。あれだけの人数がうろついていれば間違《まちが》いなく誰かが気づいたはずだ。

それなのに、カインはあの事態にもあまり驚《おどろ》いていた様子はなかった。――まるで想定していたかのように。

一瞬《いっしゅん》、嫌な予感が脳裏《のうり》をよぎった。フレッドの部下を装った敵にあっさりとだまされた過去を思い出す。

けれどすぐさま頭をふってそれを追い払《はら》った。それならミレーユたちを逃がすわけがないし、セオラスたちに知らせろとも言っていた。敵ならそんなことはしないだろう。

そこまで考えて、ミレーユははっと過去の事例を思いだした。

(まさかあいつら、またあたしに内緒《ないしょ》で何かの餌《えさ》にしようとしてるんじゃ……!?)

ありえないとは決して言い切れない。これ以上だまされ癖《ぐせ》をつけてたまるかと、推理という名の妄想《もうそう》をくりひろげたミレーユは頭に血をのぼらせた。

第一、ここにはシルフレイアもヴィルフリートもいる。自分だけならまだしも他《ほか》の人々を巻き込むのはゆるせない。

絶対あとでしめてやる。そう固く心にきめた時だった。

突然《とつぜん》、つないでいた手をふりほどかれ、ミレーユは驚いてふりかえった。

「シルフレイアさま?」

「……ごめんなさい」

少し離れた暗がりから小さな声がした。黒髪《くろかみ》に暗い色のドレスを着た彼女の姿が、とけこむように闇にまぎれる。

踵《きびす》を返した彼女が、来た道を戻っていったのだと理解するまで少しかかった。ミレーユは呆《ぼう》然《ぜん》と立ちすくんだが、我に返ると急いで後を追った。

「シルフレイアさま！　戻ってください、危ないです！」

「どうした？」

異変に気づいたヴィルフリートが近衛とともに引き返してくる。事情を説明しようとふりむいたミレーユは、彼らの背後の薄闇から大柄《おおがら》な影《かげ》がいくつもこちらへ向かってくるのを見てたまらず悲鳴をあげた。

「おじょ……隊長か!?」

飛んできたのはセオラスの声だった。ミレーユは安堵《あんど》のあまり涙目《なみだめ》になった。

「セオラス！　まだ後ろにカインが……！」

「わかってる。――おい！」

一緒に走ってきた数人がそばをすりぬけていく。ミレーユは残ったセオラスにかみついた。

「一体どういうこと!?　なんなのよこれはっ！　なんでいつもあたしには事情を言わないで……」

「落ち着けや。俺らも想定外なんだよ。どこからあんなに入りこんできやがったのか――」

なだめられて、はっと思い出す。文句を言っている場合ではなかった。

「そうだ、シルフレイアさまが戻っちゃったのよ！　早く追いかけなきゃ」

「戻った!?」

セオラスの頓狂《とんきょう》なさけびをよそに、ミレーユは暗闇へと目を向けた。

カインの身を案じてというのも考え難《がた》いが、理由はなんであれシルフレイアが自らの意志で戻ったことは確かだろう。彼女の行動原理が何かはともかく、ひとりにしておくわけにはいかない。

「どこへ行くんだ？」

急いで踵を返したミレーユとセオラスを見て、ヴィルフリートがけげんそうな声をあげる。

「殿下は早く安全なところに。わたしはシルフレイアさまを捜します」

答えを返して前に向き直ると、前方の暗闇《くらやみ》から白百合《しらゆり》の騎士がやってくるのが見えた。

「敵はカインたちが追っていった。姫たちを早く逃《に》がせって――」

「ねえ、シルフレイアさまと会わなかった⁉」

彼は飛びついてきたミレーユをふしぎそうな顔で見た。

「いや……、つーか姫はこっちと一緒だろ？」

「じゃ、会ってないの？　そんな……」

シルフレイアは確かに戻っていった。だが彼は会わなかったという。隠《かく》れる場所もないこの回廊《かいろう》で、彼女はいったいどこへ消えたというのだろう。

懐《ふところ》に突《つ》っ込んでいた順路をとりだして広げてみる。三枚目の木札が置いてある場所から四枚目の地点までを指でなぞるが、隠れられそうな場所も脇道《わきみち》もやはりない。

けれど、ところどころに赤い印がついているのを見てミレーユはひらめいた。

距離感《きょり》を測ってもう一度指でなぞる。ヴィルフリートたちが寸劇の小道具に文句をつけていた場所は特定できる。そこから北へ走って四番目の木札の地点。その間に、一ヶ所《いっしょ》だけ赤い印がある。

迷い込まないようにとフレッドがつけていた印は、かつて王宮中にはりめぐらされていた罠《わな》の迷路《めいろ》が残っている場所だ。もしかしたらシルフレイアはここへ入ったのではないだろうか。

「セオラス、この抜け道を探して！」

地図を見せると、セオラスは眉《まゆ》を寄せた。肝試し大会の責任者としてフレッドが特別に王宮の見取り図を複写したものである。準備をさぼっていたセオラスらは目にしたこともないだろう。

「なんだ？　この赤い印」

「王宮のひみつの抜け道があるのよ。ほとんどはつぶされてるらしいんだけど、まだ使えるものもあるって。シルフレイアさまがいなくなったあたりにもこの印があるわ」

「姫はここに入ったってのか？　でも昼間見たけどなにもなかったぞ」

「だから探すのよ！」

言うなりミレーユは駆《か》け出した。順路と見比べながら見当をつけ、あたりの壁《かべ》をさわったり押したり叩《たた》いたりしてみる。だが手にふれるのは冷たい石の壁だけだ。

「なにをしているんだ？」

必死に壁をなでまわすミレーユとセオラスを、追いついてきたヴィルフリートはいぶかしげに眺《なが》めた。が、すぐに何かに気づいたように眉をよせてふりむいた。

あわただしい靴音《くつおと》がこだまする。近づいてくるそれを聞いてセオラスが舌打ちした。

「おいでなすったぜ、第二陣《じん》が」

ミレーユははっとふりむく。薄闇《うすやみ》の中からまたもや覆面《ふくめん》の集団があらわれたのを見て、憤慨《ふんがい》したようにヴィルフリートが叫んだ。

「さっきからなんなんだ貴様らは！　とりあえず名を名乗れ！」

「殿下《でんか》、うちの隊長と一緒《いっしょ》に早いとこ逃げてもらっていいっすかね」

相手に向き直り、セオラスが剣《けん》に手をやる。ミレーユは彼に押され、よろけるように後退《あとずさ》った。

そのとき、踵がなにか硬《かた》いものを踏《ふ》んだ。体勢をくずして壁にぶつかろうとしたが、なぜかあるはずの壁がなく、身体《からだ》が宙を泳ぐ。

「フレデリック⁉」

だれかが叫んで腕《うで》を引いてくれる。だが間に合わず、そのまま悲鳴とともに下に転げ落ちた。


シルフレイアは長い通路をようやく抜《ぬ》け、広場に出た。

地下なのになぜかぼんやりと明るい。ふしぎに思ってよく見回してみると、天井《てんじょう》近くの窓から月明かりが差し込んでいる。

「お待ちしていましたよ、姫《ひめ》。迷われませんでしたか」

ふいに押し付けがましい声がして、シルフレイアはそちらを見た。

エーギン侯爵《こうしゃく》が立っていた。傍《かたわ》らにはシルフレイアが探していたものがひっそりと置いてある。

「ゼルフィード子爵《ししゃく》が見取り図を借りてくださいましたから、そのとき地下の迷路も覚えました」

答えると、侯爵は一瞬警戒《いっしゅんけいかい》するような顔をしたが、すぐさま薄《うす》く笑《え》んだ。

「なるほど。子爵は王族に連なる方だ。見取り図を閲覧《えつらん》するのも容易《たやす》い。利用されたわけですね」

「そういうあなたは王族ではないのに、なぜこの抜け道のことをご存じなのですか」

シルフレイアは冷たく言い返した。人の宝を盗《ぬす》んだうえ脅迫《きょうはく》するような輩《やから》に皮肉られたくはない。

自分のために計画され、催《もよお》された肝試《きもだめ》し大会。それを無粋《ぶすい》にふみにじったこの男が許せなかった。突然あらわれた刺客《しかく》たちは大方城外からこの抜け道に入って隠れていたのだろう。だがなぜ彼が重要機密を知っていたのか、それが引っかかる。

「情報など金でいくらでも買えますよ。なにを怒《おこ》っていらっしゃるのか」

「……話し合いの場にあの襲撃者《しゅうげきしゃ》たちは必要ないはず。他の方々を危険にさらしたのは許しがたい行為《こうい》です。あなたのような方とは話し合う価値もありません」

エーギン侯爵は肩《かた》をすくめ、一歩ふみだした。

「もっとお利口におなりなさい。明後日にはもう襲爵の儀《ぎ》が控《ひか》えている。無事に迎《むか》えることができるかどうかはあなた次第《しだい》だ。いまここで私の手をとり、エーギン侯爵を夫とするおゆるしをいただきたいと陛下の御前《おんまえ》でおっしゃればいいのです。それではじめてあなたはアルテマリスの第三王位継承《けいしょう》者となることができる」

そう言って差し出された手を、シルフレイアはじっと見つめた。

今までたくさんの男性にこうして手を差し出されたけれど、今ほど迷いなく拒絶《きょぜつ》したいと思ったことはない。

「――ラドフォード卿《きょう》はどうされたのですか」

しばらくの沈黙《ちんもく》のあと彼女はそう訊《たず》ねた。まったく関係のないことを言われて侯爵はいまいましげな顔をしたが、ここで短気になっては元も子もないとばかりに笑みを浮《う》かべる。

「さて。途中《とちゅう》で部下に任せてきましたのでね。でもご心配なく。この取り引きが彼の口からもれるようなことはありませんよ。私の部下は優秀《ゆうしゅう》だ。たかが一介《いっかい》の騎士《きし》ごとき、打ち損じはしません」

シルフレイアの瞳《ひとみ》に怒りがともった。

わかってはいたがやはりこの男は最低だ。これ以上無駄《むだ》な交渉《こうしょう》をつづける必要はない。

「エーギン侯爵。あなたは国主の配偶者《はいぐうしゃ》にふさわしくありません。よって、あなたとの取り引きはお断りいたします」

冷ややかに出された答えを予想していたのか、侯爵は動揺《どうよう》することもなく薄く笑った。

「そのように軽はずみなことをおっしゃってよろしいのですかな。所詮《しょせん》あなたはか弱い乙女《おとめ》。私は今この場であなたを自分の妻にすることだってできるのですよ」

シルフレイアは冷たく彼を一瞥《いちべつ》し、懐剣《かいけん》を取り出した。ためらわず鞘《さや》から抜いたのを見て侯爵は少し身構える。

「汚《けが》される前に自害でもなさるおつもりか？　大したお覚悟《かくご》だ。しかしそれではあなたの民《たみ》は救われませんよ」

「わかっておられるのなら、それは愚問《ぐもん》というものです。自分の都合で自害するほどのんびりした育ちはしていません」

「ならば、その剣をどうなさるのか」

シルフレイアはまっすぐに侯爵を見据《みす》えていった。

「むろん、あなたと戦うのです」


落下した場所はほんのり薄暗《うすぐら》かった。

地面は驚《おどろ》くほどなめらかに整備され、細い道がずっと奥《おく》まで続いている。

うめき声がして、ミレーユはふりかえった。ヴィルフリートがそばにうずくまっている。

「殿下、大丈夫《だいじょうぶ》ですか!?」

「ああ……大事ない」

ミレーユの手を振《ふ》り払《はら》い、彼はきょろきょろとあたりを見回した。

「何なんだ、ここは。隠し部屋か」

「抜け道です。シルフレイアさまはここに入られたんだと思います。理由はわかりませんけど」

「そうなのか⁉」

頓狂《とんきょう》な声をあげる王子をミレーユはふりかえる。

「わたしは追いますけど、殿下はどうされます？」

「行くに決まっているだろう！　おまえ、自分だけ隠《かく》し通路を堪能《たんのう》するつもりか⁉」

見当違《ちが》いのことで腹を立てている彼にかまわず、ミレーユはブーツを脱《ぬ》いだ。裾《すそ》をまくりあげ、足首を出すのを見て、王子は目を丸くしている。

「何をしているんだ」

「走りますから、ついてきてください！」

「何⁉　ちょ、ちょっと待て！　おまえ、背が……」

急に目線が低くなったことに王子は戸惑《とまど》いを隠しきれない様子だ。それでも猛然《もうぜん》と駆け出したミレーユに、懸命《けんめい》についてくる。

道は果てしなく遠く感じられた。

胸が破れそうなくらい波打ち、焦燥《しょうそう》のあまり冷や汗《あせ》がふきでてくる。

薄ぼんやりと浮かんだ明かりが徐々《じょじょ》に大きくなり、やがて広く視界が開けたとき。ミレーユはそこに見覚えのある貴族を見つけて、思い切り腕をふりかぶった。

ぐぼっ、というくぐもった音がして、侯爵が横にのめった。

「やった、命中！」

思わずミレーユははずんだ声をあげる。侯爵に追い詰《つ》められていたシルフレイアが短剣《たんけん》をにぎりしめたまま、はっとしてこちらを見た。

こんな闇でもまぶしくうつる金色の髪《かみ》をした従兄弟《いとこ》たちを、彼女は目を丸くして見つめる。うめきながら身を起こす侯爵の前に、ミレーユは息を切らしながら立ちはだかった。

「エーギン侯爵……、わたしのお見合い相手に抜け駆《が》けしようなんて、いい度胸をしていますね」

にらみつけてそう言うと、相手は冷静さを欠いた目をしてこちらに向き直った。

ぎらぎらとした顔でミレーユをにらみ、高圧的な声をあげる。

「ディートリヒ、来い！　このガキどもを始末しろ！」

背後にうずくまる闇から、ゆらり、と影《かげ》が立ち上がった。剣を携《たずさ》えた細身の男だ。

ディートリヒと呼ばれたその男は無言のまま歩いてくる。シルフレイアとヴィルフリートを背後に立つミレーユのほうへ、ゆっくりと。

まるで何かに圧《お》されるように、ミレーユは後退《あとずさ》った。侯爵《こうしゃく》と違い、彼にはなにか冷たい恐《おそ》ろしさを感じる。考えるより先に足が退いてしまうのだ。

「早く斬《き》れ！　殺せ！」

わめきたてる侯爵に命じられるまま、男が剣を抜《ぬ》いた。振り上げたとき、彼は初めて笑《え》みらしきものを浮かべた。

次の瞬間《しゅんかん》、振り下ろされた剣は侯爵の身体《からだ》を切り裂《さ》いた。

エーギン侯爵は、どこか間の抜けた顔をして、声もなくその場に倒《たお》れた。


凍《こお》りついた場内に男の高笑いがひびいた。

「おめでたい田舎《いなか》貴族め！　身丈《みたけ》に合わない夢など見るからこうなるんだよ」

小馬鹿《こばか》にしたように吐《は》き捨て、倒れた侯爵の腹をけりつける。ようやく状況《じょうきょう》を理解したのか侯爵が悲鳴に似たうめき声をあげた。

「俺がいなけりゃ王宮の抜け道なんて知ることもなかっただろうが。王族の秘密を知っただけでもありがたく思え」

「やめなさい！」

なおも蹴《け》りつけられて悲鳴をあげる侯爵を見て、ミレーユはたまらず叫《さけ》ぶ。

するとディートリヒはふりあげた脚《あし》を戻《もど》して向き直った。意外に若い顔立ちには点々と返り血が飛んでいる。

ミレーユは総毛だった。人を斬ったというのに、彼は平然と笑っている――。

「はじめまして、王子殿下《でんか》にロイデンベルク伯爵《はくしゃく》。七年前はどちらも命拾いをなさったようで」

彼は大げさな身振《みぶ》りで自分の胸に手をあてた。

「私の名はディートリヒ・ランドール。七年前、王家に反乱を起こしたイーズリー公爵《こうしゃく》の息子《むすこ》でございます」

はっとシルフレイアが息をのむ。それに気づいてディートリヒは口端《くちはし》をつりあげた。

「そう。そこのお姫様の父上も、俺の親父《おやじ》が殺したんだった。他《ほか》の王位継承《けいしょう》者をすべて殺して自分が玉座にのぼろうなんて、夢みたいなことを本当にやろうとしやがった。頭がおかしかったのさ。そんなに金や名誉《めいよ》が欲しかったのなら、大人《おとな》しく国王に媚《こ》びを売っていればよかったのに。王宮の見取り図も抜け道も知らされた名門公爵家が、おかげさまであっさりお取り潰《つぶ》しだ。馬鹿らしい！」

彼の声には異様な高揚《こうよう》があった。今までミレーユが接してきた人間とは違《ちが》う、得体の知れない不気味さをはらんでいる。

怖《こわ》い——と心底思った。向き合って顔を見ているだけなのに、息苦しくなってくる。

「罪人の息子がこんなところで何をしている。父親に倣《なら》って貴様も王家転覆《てんぷく》をはかるつもりか」

いきなり傍《かたわ》らにいたヴィルフリートが厳しい口調で言い放ち、ミレーユはぎょっとして彼を見た。

気高い第二王子らしい遠慮《えんりょ》のない物言いだが、彼をへたに刺激《しげき》するのは危険な気がしたのだ。

その予想は現実となった。ディートリヒは笑みを消し、仮面のような無表情になった。

「俺も学習したんですよ、王子様。玉座なんぞ狙《ねら》わなくても、それに近い名誉と金を手に入れる方法はある。——どちらも持ってるそこのお姫様をものにすればいいってね」

びくり、とシルフレイアの肩《かた》がふるえる。ディートリヒは倒れたエーギン侯爵に目をやった。

「しかし、か弱いお姫様から国宝を盗《ぬす》んだあげく、返してほしいなら結婚《けっこん》しろだなんて、田舎貴族はやり方があざとくていけない。これがなけりゃあんたが国に帰れないとわかってて、断れない取り引きをもちかけるんだからな」

ミレーユは驚いてシルフレイアをふりかえった。

シルフレイアはきゅっと唇《くちびる》を引き結び、悔《くや》しげに剣の入った箱を見つめている。

「本当ですか、シルフレイアさま。エーギン侯爵に脅《おど》されてたんですか？」

彼女はだまったまま目をふせた。肝試《きもだめ》し大会が始まるときに見せた表情の意味がようやくわかって、ミレーユは思わず彼女の手をとった。

「……ごめんなさい。ずっとそばについてたのに、気づかなくて……。結局何の力にもなれなくて」

いまさら悔《く》やんでも遅《おそ》い。だがそれでも悔しくて、きつく唇をかむ。

諦《あきら》めの悪い貴族——エーギン侯爵にはその程度の認識《にんしき》しか持っていなかった。もっと注意を向けていれば、もしかしたら何かつかめたかもしれない。たとえ自分には何もできなくても、少なくとも誰かに助けを借りることはできただろうに。

「あなたのせいではありません。これはわたしの過《あやま》ちです。内密にことを済ませたいあまり頑《かたく》なになっていました」

シルフレイアは静かな声で言った。彼女もまた、なにか悔いているようだった。

「……でも、ありがとうございます」

「――え？」

「お話し合い中悪いが、いいかい」

思いがけないつぶやきに顔をあげたとき、ディートリヒの声が割って入った。苛立《いらだ》ったようなそれを聞いてミレーユはびくりと身をすくめる。

「早いとこあんたらを片づけて地上に戻りたいんでね。お姫様の結婚相手にふさわしく見られるよう、あれこれ準備しなきゃならないからな」

彼はミレーユとヴィルフリートを交互《こうご》に眺《なが》めた。

「伯爵のロイデンベルク領と王子様のイルムワルド領、どっちも魅力《みりょく》的だ。でもさすがにコンフィールド公爵の夫とはいえ一方しかくれないだろうな。――問題はどっちを先に殺《や》るか、だが」

目が合った瞬間、戦慄《せんりつ》がかけぬけた。冗談《じょうだん》のように言っているが、おそらく彼は本気だ。ためらいもなく侯爵を斬ったことからもそれはわかる。

やがて彼の背後から、ひとりまたひとりと影があらわれる。彼らはなすすべなく固まる三人をじりじりと取り囲んだ。

「そうだな……王子様にするか。さっきは厳しいお言葉もちょうだいしたことだし」

ミレーユはぞっとして息をのむ。侯爵の身体をまたぎ、ゆっくりとこちらに歩いてくる彼は、ヴィルフリートを殺すことをみじんもためらっていない。

「痴《し》れ者がっ」

「待って！　それならあたしが……」

怖いもの知らずの王子が前に出ようとするのをおさえ、ミレーユはディートリヒに向き直る。死にたいわけではないし、怖くてたまらないのに——自分ならいい、と思ってしまった。王子は本物だが、ここにいる伯爵は偽者《にせもの》だ。もし何かあっても生きている本物がきっと仇《かたき》をとってくれるだろう。

こわばった顔でにらむミレーユを見てディートリヒは口元をゆがめる。が、ふいに表情を変えた。

「くそ……しぶといやつだ」

いまいましげにつぶやいて、彼は目線を転じる。

軍靴《ぐんか》の音とともに駆《か》け込んできた青年を見て、ミレーユは涙が出そうになった。

「リヒャルト……！」

抜き身の剣を持ったまま場内を見渡《みわた》したリヒャルトは、ミレーユたちを見つけるとすばやく前に立った。服にはあちこち裂き傷ができ、黒く飛沫《しぶき》が散っている。だが表情はすこぶる冷静だった。

「動けますか」

前を向いたままリヒャルトは落ち着いた声で言った。

「動けるなら、左手に走ってください。別の抜け道があります。そちらに白百合《しらゆり》の者が向かっていますから、外に出たら助けを呼んで」

そう言って彼は何かを放ってよこした。受け取ったミレーユはそれが鍵《かぎ》だとわかると、またリヒャルトに目を向けた。

いつもと変わらない――いやむしろいつもより落ち着いた態度だ。だがそれが逆になぜか不安をかきたてる。

「でも、リヒャルト、ひとりで……」

相手方は十人をゆうにくだらない。しかもディートリヒの様子は尋常《じんじょう》でないのだ。ひとりで残していくなんてとてもできない。

「大丈夫《だいじょうぶ》ですよ」

彼はいつもそうするように、横顔に微笑《びしょう》を浮《う》かべた。

「お願いします。伯爵」

「……」

ミレーユは一瞬《いっしゅん》口を開きかけたが、思い切って踵《きびす》を返した。シルフレイアとヴィルフリートの手をとって走り出す。

「おい、逃《に》がすな！」

苛立たしげな声がひびく。だが追おうとした男たちめがけ、無数の矢が闇《やみ》から飛んだ。

追いついてきた同僚《どうりょう》たちの姿を確認《かくにん》し、リヒャルトは剣のつゆを払《はら》うとディートリヒへ目線を戻した。

細い道の突《つ》き当たりにあった扉《とびら》をあけると、妙《みょう》に埃《ほこり》くさい空気がただよっていた。どこかで嗅《か》いだことのある匂《にお》いだ。それも、ごく最近。

「ここは、書物館の地下書庫か？」

ヴィルフリートが声をあげる。それでミレーユも思い出した。

そこはそれまでの抜《ぬ》け道とちがって完全な暗闇《くらやみ》だった。手探《てさぐ》りで進むが、まさに右も左もわからない状態だ。

「石の壁《かべ》じゃない……」

手をのばし、ミレーユはつぶやく。一度だけ入ったことのある書庫はひんやりとした石造りの壁だった。どこかに抜け道が通じているがそれがどこかはわからないというようなことをアシュウィックは言っていたが、それがつまりはミレーユたちが今いる場所なのだろうか。

やたら積み上げてある何かをかきわけつつ進むと、突き当たりだった。乾《かわ》いた手触《てざわ》りに、叩《たた》くと軽い音がする。薄《うす》い木の板のようだ。

少し力を入れるとそれは簡単に向こう側にはずれた。その向こうにはまた雑然とした空間が広がっている。

そうやってまたかきわけて進み、同じような木の板を四回突破《とっぱ》したところでようやく見覚えのある場所に出た。

一度だけ入ったことのあるそこは、やはり書物館の地下書庫だった。少し高いところから細く光がさしこんでいる。扉の隙間《すきま》から月明かりがもれているのだろう。

「鍵がかかっているんじゃないか。地下書庫の入り口は」

「あっ……大丈夫です、あります」

ミレーユはさっきリヒャルトにもらった鍵を急いでとりだす。思ったとおり、それは扉の鍵《かぎ》穴《あな》にぴたりとはまった。

鍵を開け、三人はようやく地上に出た。天井《てんじょう》近くの大きな明かり取りから静かに月光がさしている。

それまでの息苦しさから解放されて、ミレーユはほっと息をついた。同時に、置いてきたリヒャルトのことを思って別の意味で胸が苦しくなる。

伯爵《はくしゃく》、と呼びかけられたとき、自分の役目をまっとうしなければ、と咄嗟《とっさ》に思った。もしそこまで計算してそう呼びかけたのなら、彼は相当な策士だ。ずるい、と思う。

心配だからといって一緒《いっしょ》に残ったとしても、役にたたないどころか足手まといにしかならないだろう。それを思えば逃げてきたのは正しい判断だろうが、やっぱりすっきりしない。

だがうじうじしていても仕方がない。助けを呼んで、ふたりを安全な場所へ連れていかなければ。

そう思ったとき、正面の大扉が重い音をたててひらき、隙間から人影《ひとかげ》が飛び込んできた。

「……カイン⁉」

月明かりの下にあらわれたのはカインだった。彼らしくもなく余裕《よゆう》のない顔をしていたが、そこに三人がいるのを見ると、まっすぐシルフレイアに駆け寄る。

「――ご無事でなによりです」

シルフレイアは目を見開いていたが、いつもの無表情に戻《もど》ってそう言った彼を見上げると、かすかに瞳《ひとみ》をゆらした。――ごめんなさい、と小さなささやきが聞こえた。

いつになく機敏《きびん》な動きを見せたカインに驚《おどろ》いてふたりを見守っていたミレーユは、背後で音がしたのに気づいて、はっとふりむいた。

まさか追っ手に追いつかれたかと背筋が冷えたが、地下書庫に通じる扉を開けて出てきたのはリヒャルトだった。ミレーユに気づいて、いつもの顔で微笑みかける。

ミレーユは安堵《あんど》して息をついたが、彼の背後からあらわれた影を見て悲鳴をあげた。

「リヒャルト、後ろ！」

ふりむいたリヒャルトに斬《き》りかかったのはディートリヒだった。リヒャルトは何とか剣を受けたが、不意をつかれたせいか反撃《はんげき》に出られないようだ。

「早く外に出て！」

「伏《ふ》せろ！」

リヒャルトの叫《さけ》びにカインの声が重なる。踵を返そうとしていたミレーユはわけがわからないままふり向こうとした。ディートリヒの手から銀色に光るものが飛ぶ。

それはミレーユとヴィルフリートの間をかすめて、背後の書架《しょか》に突き立った。ディートリヒがふたたび小刀を取り出すのを見て、ミレーユはとっさに隣《となり》にいたヴィルフリートを押し倒《たお》す。

二本目は飛んでこなかった。目をつむって王子にかぶさっていたミレーユはおそるおそる顔をあげ――目を瞠《みは》った。

飛んでくるはずだった小刀はリヒャルトの腕《うで》に突き立っていた。みるみる血にぬれるのを見てミレーユは息をのむ。

「姫《ひめ》を渡《わた》せ！　邪魔《じゃま》するなら殺すぞ！」

ぎらぎらした目でわめくディートリヒを、リヒャルトは冷然と見ている。それは額から血を流し狂気《きょうき》じみた表情のディートリヒとは別の意味で、どこかぞくりとするものがあった。

彼が剣を持ちかえるのを見て、ミレーユの胸は激しくざわめいた。なぜかディートリヒがエーギン侯爵《こうしゃく》を斬った場面が浮かび、思わず悲鳴がもれる。

「待って……やめてっ」

低いうめき声がして――やがて静かになった。

ミレーユは拳《こぶし》をにぎって震《ふる》えをこらえながら、ゆっくり顔をあげた。

倒れたディートリヒと、それを見下ろすリヒャルトが目に入る。その表情は静かで、動揺《どうよう》らしきものは見当たらない。

ふと思い出したように彼はこちらを見た。微笑もうとしたが、急に我に返ったように頬《ほお》をぬぐい、それからどこか呆然《ぼうぜん》としたような顔になった。

その表情を見て、ミレーユは自分が今どんな顔をしているのかに気づいた。

だがそれに気づいたときにはもう、リヒャルトは二度とこちらを見ようとはしなかった。


夜の書物館に人があふれ、慌《あわ》ただしさが飛び交《か》いはじめたころ。

押し倒されたきり動かない王子に、ミレーユは懸命《けんめい》に声をかけていた。

「殿下《でんか》、大丈夫ですか!?」

「…………」

床《ゆか》に仰向《あおむ》けのまま、ヴィルフリートは無言で天井を凝視《ぎょうし》していた。眉根《まゆね》を寄せ、なにか思い悩《なや》むふうでもある。

どこか頭でも打ったのだろうかと心配になってきたとき、彼は我に返ったように瞬《まばた》きをして、おもむろに起き上がった。

「大丈夫ですか？　お怪我《けが》は？」

「……大丈夫だ」

少しうわずったような声で答えると、難しい顔をしてミレーユを見る。

「フレデリック、おまえ……」

「え？」

「……いや、なんでもない」

彼はよろよろと立ち上がると、騎士《きし》たちに付き添《そ》われ、うわのそらで書物館を出ていった。入れ替《か》わりにやってきたのは白百合《しらゆり》騎士団の面々だった。座り込むミレーユを見つけ、心配そうに取り囲む。

「大丈夫か？　立てるか、お嬢《じょう》」

「うん……。シルフレイアさまは？」

「カインが連れてった。怪我はしてないってさ」

ミレーユはほっと息をついた。たくましい腕に引き起こされ、礼を言ってあたりを見回す。

リヒャルトは離《はな》れたところに立っていた。小刀が突き立ったままの腕からは生々しい鮮血《せんけつ》が滴《したた》り落ちているが、その表情に焦燥《しょうそう》や苦痛はなく、ただぼんやりと視線をおとしている。

転がる本に足をとられて転びそうになりながら、ミレーユは彼のもとに駆《か》け寄った。

リヒャルトはミレーユが視界に入ったことで我に返ったようだった。かすかに身じろぎして顔をあげると、剣のつゆを払《はら》い鞘《さや》におさめる。その頃《ころ》にはもう、いつもの平静な表情に戻っていた。

「リヒャルト、怪我……」

「ああ。平気です」

「でも、血が……。は、早くとめなきゃ」

「大丈夫ですから」

落ち着いた声で繰《く》り返し、赤くそまった腕を隠《かく》そうとする。いつもどおりに微笑《ほほえ》むのを見て、ミレーユは血の気が引くような感覚におちいった。動揺のあまりみるみる視界が曇《くも》っていく。

「で、でも、大丈夫じゃないじゃない、全然……」

唐突《とうとつ》に泣き出したミレーユを見て、騎士たちは呆気《あっけ》にとられたようだった。

「ああ、心配すんなっ。見た目ほど深い傷じゃねえから、たぶん」

セオラスがあわてたように顔をのぞきこんでくる。

「そうだよな、こんな怪我人見ることなんてないもんな、びっくりしたんだよな。――ほらリヒャルト、早く医局いって手当てしてもらえ。お嬢が怖《こわ》がるだろ」

ミレーユは急いで頭《かぶり》を振《ふ》った。そうじゃない、と言いたいのに、どうしても声が出ない。人を斬ったリヒャルトのことを一瞬《いっしゅん》でも怖いと思ってしまったのは事実だ。

そしてそう思った瞬間の、こちらを見た彼の傷ついたような顔が、頭から離れなかった。

「――じゃあセオラス、頼《たの》む」

言い置いて、リヒャルトは踵《きびす》を返す。

その後ろ姿に声をかけることもできず、ミレーユはその場に立ち尽《つ》くした。

見えない壁《かべ》にさえぎられたような気がした。どちらが先に作ったものかはわからない。けれどそれは今のミレーユにはとても高く、堅《かた》くて壊《こわ》せないものに思えた。

第五章　赤と翠の誓約

貴族たちの視線は、広間の中央にそそがれていた。

小柄《こがら》で華奢《きゃしゃ》な身体《からだ》を緑のドレスで包み、豊かな黒髪《くろかみ》を結《ゆ》い上げて細い銀鎖《ぎんぐさり》の飾《かざ》りひもをたらしているひとりの少女。

彼女が持つ剣には翠の宝石がはめこまれている。森の小国コンフィールドを象徴《しょうちょう》する国宝だ。襲爵《しゅうしゃく》したばかりの若きコンフィールド女公爵は、アルテマリス国王との同盟の儀《ぎ》にのぞんでいた。

アルテマリスの紅い石とコンフィールドの翠の石が交わる。少なくとも互《たが》いの在位中は同盟が結ばれ、侵略《しんりゃく》を目的とした武力干渉《かんしょう》が行われることはない。その誓《ちか》いが今、立てられたのだ。

王族の席にいたミレーユは、堂々とした態度で国王と向き合うシルフレイアの姿を見つめていた。もともと大人《おとな》びた人ではあったけれど、こうして見ると何かを乗り越《こ》えたような落ち着いた力強さを感じる。そしてなによりその凛《りん》とした美しさに吸い寄せられずにはいられなかった。

短い儀式《ぎしき》が終わると、新公爵お披露目《ひろめ》の宴《うたげ》がはじまる。

貴族たちに取り囲まれて祝辞を受けているシルフレイアを、ミレーユはぼんやりと遠目に眺《なが》めていた。今日は王族として出席しているから白百合の騎士たちとは顔を合わせていない。もちろんリヒャルトともだ。

あれから二日、ほとんど彼とは話していない。別に避《さ》けられているわけではないし、それどころかいつものように接してくれるのに、大きな溝《みぞ》ができてしまった気がする。その原因が自分にあるのは痛いほどわかっているけれど、どうしたらいいかわからないでいた。

「いったい何があったんだい、そんなに暗い顔をして。パパに話してごらん」

華《はな》やかな周囲をよそに鬱々《うつうつ》と考えこむミレーユに、エドゥアルトはおろおろとまとわりつく。応じる気力もなくため息をつくと、近くで様子を見ていたジークがゆったり口をはさんだ。

「男親はにぶくていけない。恋《こい》わずらいですよ、叔父上《おじうえ》」

「は？——恋わずらい⁉」

目をむくエドゥアルトの前で、ジークはミレーユの肩《かた》を抱《だ》く。

「この病は私が責任をもって治しますのでご心配なく、叔父上。いや——義父上《ちちうえ》」

エドゥアルトは卒倒《そっとう》しそうになった。

「な……、それはどういう意味ですか殿下っ、ま、まさか殿下までうちの娘《むすめ》にちょっかいを」

「どうか今日から息子《むすこ》と呼んでください、義父上」

ミレーユはもう一度ため息をつくと、父と王太子の腕《うで》をすりぬけた。

「ごめんなさい。悪いけど、ひとりにして……」

そのままふらりと人ごみに入っていく。呼び止める声が追ってきたが、それすら気づかないほど思い悩んでいた。

ずっと頭の中を占《し》めているのはリヒャルトのことだった。

彼は騎士であり、悪漢を斬《き》り捨てたのは騎士として当然の行為《こうい》だ。そうわかってはいても、目の前でリヒャルトが人を斬ったのは衝撃《しょうげき》的だった。

正確にいえば、彼が人を斬るのを見たのは二度目だ。だが前回のリディエンヌ誘拐《ゆうかい》事件のときとちがい、今回は何もかもしっかり見てしまった。そういうときに別人のような冷たい目をすることも、ひとを斬ってすぐに微笑むことができることも。

だからといって彼に幻滅《げんめつ》したというわけではない。どちらかというと自分に幻滅している。あの瞬間、ミレーユは確かにリヒャルトを拒絶《きょぜつ》してしまった。あのディートリヒのことを恐《おそ》ろしいと思ったのと同じような感情を彼にも抱いてしまった。

それはきっと彼にとってもショックだったと思う。あんな優《やさ》しい人を本気で傷つけてしまったことを思うと、いたたまれなくて胸が苦しい。

ごめんね、と言えば、きっと彼は笑ってゆるしてくれるだろう。でも傷つけてしまったという事実は消えないし、第一そんな軽い言葉で許しを請《こ》うことは今はとてもできなかった。

結局ディートリヒもエーギン侯爵《こうしゃく》も一命を取り留めたそうだが、斬られた彼らが血を噴《ふ》いて倒《たお》れる場面は強烈《きょうれつ》に脳裏《のうり》にやきついている。当分は忘れられそうにないのもまた憂鬱《ゆううつ》の種だった。

ミレーユは給仕《きゅうじ》に勧《すす》められるまま杯《さかずき》をとり、あてもなく歩いていた。話しかけたそうな婦人たちがちらちらと視線を送っているが、それに気づく余裕《よゆう》もない。

しばらくそうしてひとり考えこんでいたが、いやに熱い視線をひしひしと感じて、何気なくそちらを見やった。

貴族の青年たちに囲まれた少女がこちらを見ている。ひときわ目立つクリーム色のドレス、金茶色の巻き毛をたらした青灰色の瞳《ひとみ》の――。

ミレーユはぎょっと目をむいた。

あわてて杯を給仕に渡《わた》し、青年たちの輪に突入《とつにゅう》する。にっこり微笑んで迎《むか》えた少女の腕をつかむと力まかせに輪の中から連れ出した。

抗議《こうぎ》の声が追いかけてきたが、それどころではない。婦人たちの嫉妬《しっと》の視線にもかまっている場合ではない。ずるずると引きずって広間を出ると、周囲にだれもいないのを確認《かくにん》して、ミレーユは相手にかみついた。

「あんた、こんなところで何してんの⁉」

相手は悪びれることなく答える。

「べつに？　タダ酒を飲んでただけだよ」

「何でそんな恰好《かっこう》してんのよ！」

みじんも怯《ひる》むことなく、相手はドレスを軽くつまんで見せた。

「好きで女装してるわけじゃないさ。いつもの恰好してたら、王宮にベルンハルト伯爵《はくしゃく》がふたりいることになっちゃうだろ？　だから混乱を招かないように変装してきただけだよ。あんまり大きな声だしたら人が来ちゃうよ」

軽くくちびるに指をあててたしなめる。自分が女の恰好をしているときよりも数倍女の子らしく可憐《かれん》な仕草に、ミレーユはくらりと眩暈《めまい》がした。

どこから見ても立派な貴族の御令嬢《ごれいじょう》だ。違和感《いわかん》のなさが逆に不気味である。

「それに、似合ってるからいいだろ？　貴族のみなさんも我先にと口説《くど》いてきたし」

「あたしと同じ顔で勝手に口説かれないでよ！」

ミレーユは目をつりあげ、のほほんとしている兄の両腕《りょううで》をつかんで壁に押し付けた。

「わかってるの？　あたし、あんたには言いたいことが山ほどあるのよ」

低い声で言うと、フレッドはきょとんとして瞬《まばた》き、やがて微笑《ほほえ》んだ。

「わかってるよ……。大亀の甲羅《こうら》のことだろ？　ちゃんと買ってきたから」

ミレーユはますます頭に血をのぼらせた。

「ちがうわよ！　あ、いや、ちがわないわ。忘れてないわよ、人のこと貧乳だとかよくも言ってくれたわね！」

「あは、ごめんごめん。なにしろ嘘《うそ》のつけない性格だから」

「その発言自体が嘘じゃないの！」

「怒《おこ》ることないじゃないか。きみの胸はこれからいくらでも成長する、いわば無限の可能性を秘《ひ》めているんだ。想像するとわくわくしてくるよね」

「変な想像しないでっ」

「——しっ」

急に制されて口をつぐむと、遅《おく》れてきた客が数人、廊下《ろうか》の向こうからやってくるのが見えた。向こうもこちらに気づき、ひそひそと囁《ささや》きあいながら広間に入っていく。

壁際《かべぎわ》で向かい合ったまま、ふたりは顔を見合わせた。客観的に見れば、伯爵がどこぞの令嬢《れいじょう》を情熱的に口説いている図に見えなくもない。

「……とりあえずサロンに行こう。ここじゃゆっくり話もできない」

フレッドは妹をうながして大げさに嘆《なげ》いた。

「あーあ、こうしてぼくの評判はどんどん悪くなっていくんだよなあ」

「自業自得《じごう》でしょ」

ミレーユはふんと鼻をならす。少しくらい痛い目にあったほうが兄のためなのだ。


サロンにつくなり、フレッドは衣装の取り替《か》えを要求してきた。

「リディエンヌさまにお土産《みやげ》をもってきたんだけど、こんな恰好じゃ前に出られないからさ」

一応そのくらいの羞恥心《しゅうちしん》は持ち合わせているらしい。さんざん女装を楽しんで、あまつさえ男に囲まれていたくせに——とは思うが、彼女の前は特別なのだろう。

「いいけど……って、なんでそんなところに化粧《けしょう》道具があるの？」

戸棚《とだな》から自前らしい箱をもってくる兄に、ミレーユはあきれた声をあげる。

「こんなときのために用意しておいたのさ。ほら、早く脱《ぬ》いで。化粧もしないといけないんだから」

「わかったわよ……。こっち見ないでよね。見たらぶっ飛ばすわよ」

「きみのを見るくらいなら、自分のを見てたほうがまだましだよ」

「どういう意味⁉」

「ほら、早く早く！」

強引《ごういん》に丸め込まれてミレーユはしぶしぶ背を向けた。

脱いだ服を交換《こうかん》し、手早く身に着ける。後半はフレッドに手伝ってもらってなんとか身支度《みじたく》をととのえた。

「ぼくがあげた付け毛、使ってないんだって？」

巻き毛をつけてやりながら、フレッドは鏡の中のミレーユを見た。

「めんどくさいのよね、せっかくもらっといて何だけど。べつに不便もないし」

ミレーユはため息まじりに答える。兄がくれた特注の付け毛は、一度試しにやってみて以来、まったく使っていない。

さすがにその思い切りのよさにびっくりしたらしく、フレッドはいつになく気を遣ってくれたようだった。用意していた鬘を使うことなく髪を切り落としたことに多少は責任も感じたらしい。そのわりにまた身代わりになれなどという矛盾《むじゅん》したことを言ったりするのが理解できないが。

父に初見で号泣されたことといい、娘の短髪を見た母が父をさんざんしぼっていたことといい、この短い髪が少女にとって常識外であるのは間違《まち》《が》いないだろう。周りが考えるほど気にしていない自分も、ひょっとしたら常識外なのかもしれない。

「髪なんてそのうちまた伸《の》びるわよ。あんたがあたしに迷惑《めいわく》をかけさえしなけりゃね」

「きみって本当になんて優《やさ》しい女の子なんだろう。感動しちゃうよ」

やれやれとミレーユはため息をついた。巻き毛をつけられるのも化粧をされるのももう慣れたが、手持ちぶさたなのはいただけない。自然とまた考えごとに走ってしまう。

すると、化粧箱から瓶《びん》をとっかえひっかえしていたフレッドがおもむろに口をひらいた。

「元気ないね、ミレーユ」

「え？——そう？」

「ため息ばっかりついてる」

鏡越《ご》しに目が合って、ミレーユはどきりとする。

「……そんなこと、ないわ」

フレッドはそれ以上訊《き》こうとはせず、化粧を再開した。

しかし、身支度を終え、化粧道具を戸棚に片づけた彼は戻《もど》ってくるなり突然《とつぜん》言った。

「好きだよ」

「——は？」

「世界で一番、きみが好きだ。愛してる」

ミレーユはあんぐりと口をあけた。

「ほんとだよ。きみのためなら死ねる」

「な……、なんなのよいきなり。気でも狂《くる》ったの？」

実の兄に熱烈《ねつれつ》な愛を告白されても気味が悪いだけである。

微妙《びみょう》に距離《きょり》をとるミレーユを、フレッドはまじめな顔で見つめた。

「だから、きみがそんな顔してるのを見るのはつらい。話してごらんよ。ぼくのせいで何か嫌《いや》な思いをしたの？」

ミレーユは驚《おどろ》いてフレッドを見返した。ちゃらんぽらんなくせして急に心を読むようなことをするから、とたんに落ち着かなくなる。

「ううん……、そうじゃなくて……」

「なんだい。遠慮《えんりょ》しないで、ここにいじめたやつの名前をぜんぶ書きなよ。ぼくが残らず仕返ししてきてあげるから」

優しく言って便箋《びんせん》を差し出す兄はいったいどこまで本気なのだろう。だが今のミレーユはそれに突《つ》っ込む余裕《よゆう》がなかった。

身代わりになっている間に受けたどんな感情より、自分がリヒャルトに向けた視線は残酷《ざんこく》だったような気がする。それを思うといたたまれず、申し訳なくてどうしたらいいのかわからなくなる。

怪我《けが》してまで助けてくれたのに、お礼も言えなかった。きっと傷つけたのに、謝ることもできなかった。

「……ちゃんと謝って、仲直りしたい。リヒャルトと……」

口にだしてみると、どうして今までそれをしなかったのだろうという思いでいっぱいになる。

「ケンカでもしたの？　それで落ち込んでるのか」

フレッドは笑って、うつむくミレーユの肩《かた》をそっと抱《だ》いた。

「リヒャルトが好きかい？」

「……」

「お兄ちゃんよりも？」

考えこんだミレーユは、小さく首をふる。

「それはわかんないけど……でも、もうひとりお兄ちゃんができたような気はするわ」

フレッドは無言で笑《え》みをこぼした。

「……何？　その黒い笑顔は」

「そうかそうか。じゃあ謝るといいよ。ぼくが呼んできてあげる」

いやに満足そうである。明らかに何かよからぬことを企《たくら》んでいる顔だ。

ミレーユは不審《ふしん》な顔つきで、化粧を落としている彼を見た。

「そんなに見つめないでよ。ちゃんとあとで大亀の甲羅《こうら》あげるから」

「だからそのことじゃないって言ってんでしょ」

「リディエンヌさまとおそろいだよ。世界に二頭しかいない亀だって市場のおじさんが言ってた」

「リディエンヌさまにもそれなの⁉ ていうかあんた、そういう目でリディエンヌさまを見てるの？ 意外とすけべね」

「失礼な。王太子殿下《でんか》じゃあるまいし」

布で顔をふくフレッドに、ミレーユははっと思い出して言った。

「そうだ、すけべと言えばあの男、王宮にハーレム御殿《ごてん》をつくるって言ってたわ。ばんばん愛人を置くつもりよ」

「ふうん。まだ新婚《しんこん》なのに、がんばるなあ」

「なにをのんきなこと言ってんのよっ。あれは本気だったわ。あたしも誘《さそ》われたのよ。ハーレムをつくったら第二夫人にしてやるって！」

瞬間《しゅんかん》、フレッドの目がするどく光った。

「——きみを第二夫人に、だって？」

「そ、そうよ。その調子でどんどん愛人が増えていったら、リディエンヌさまがおかわいそうでしょ。だから、なんとかしなきゃ……」

言葉が尻《しり》すぼみになったのは、フレッドがむずかしい顔をして黙《だま》り込んでしまったからだった。

リディエンヌを愛するがゆえに身を引いた彼のことだから、ジークのハーレム発言が頭にきたのかもしれない。ふだんにこにこしている人ほど本気で怒《おこ》ったときはおそろしいものだと、ミレーユはおそるおそる声をかけた。

「フレッド？　おちついてね。ジークを血祭りにあげようなんて早まったこと、考えないで、ね？」

「やっぱりそうだったのか……」

「えっ？」

「最近、ぼくを見る殿下のまなざしが、いやに熱っぽいと思っていたんだ。あれはきっと、ぼくにきみの面影《おもかげ》をかさねて見ておられたんだな……」

「え。――ええっ⁉」

頓狂《とんきょう》な声をあげる妹にかまわず、フレッドは苦悩《くのう》の表情でつぶやく。

「しょうがないよね、きみはぼくに似てこんなにかわいいんだから……。でもミレーユ、嫌なら無理して後宮なんか入ることないよ。……いざとなったらぼくが」

「ぼっ、ぼくが⁉　いったいどうするつもり⁉」

それには答えず、フレッドは遠い目をして小さく笑う。ミレーユはふるえあがった。

「待って、早まらないでっ！　失恋《しつれん》したくらいでいきなり男に走らなくてもいいじゃない！人生長いんだし、まだまだこれから楽しいことはたくさんあるわ」

「きみのためなら、ぼくは喜んでこの身を投げ出すよ。たとえ男が相手だろうと……」

「やめてったらー！」

当の王太子といつもしている悪ふざけを仕掛《しか》けられているとも気づかず、ミレーユが蒼白《そうはく》な顔でフレッドにしがみついたときだった。

「フレデリック、これを見ろ！　今朝入荷《にゅうか》した新作――」

突然前ぶれもなく扉《とびら》があいて二足歩行の虎《とら》が姿をあらわした。正確にいうと虎の着ぐるみを着たヴィルフリートだ。嬉々《きき》とした顔で叫《さけ》んだが、中にいたのが伯爵《はくしゃく》だけではないのを見ると我に返ったように口をつぐむ。

「あ、これは失敬」

と礼儀《れいぎ》正しく扉をしめかけたが、一瞬《いっしゅん》間を置いてから蹴破《けやぶ》らんばかりの勢いでぶち開ける。

「貴様なにをしている！　このようなところで婦女子に襲《おそ》いかかるなど、恥知《はじし》らずな！」

フレッドはミレーユから離《はな》れると、感心したように息をついた。

「王子殿下……、すばらしい虎っぷりですね。感服しました」

「そ、そうか？」

「はい。ぜひここにいる令嬢《れいじょう》に自慢《じまん》してあげてください」

にこやかに言うと、フレッドは「では失礼」と手をあげてさっさと扉を開ける。

そのあまりに颯爽《さっそう》とした去り際《ぎわ》に、ミレーユと着ぐるみの王子は呆然《ぼうぜん》として顔を見合わせた。

「ラドフォード卿《きょう》」

庭に出ていたリヒャルトは、澄《す》んだ声に呼ばれてふりむいた。

「姫《ひめ》……いえ、コンフィールド公爵《こうしゃく》閣下」

「シルフレイアで結構です」

宴《うたげ》を抜《ぬ》け出してきたのか、深い緑色のドレスをまとったシルフレイアが回廊《かいろう》にたっている。

取り巻きもなくひとりで庭へ出てきた彼女に、リヒャルトは向き直った。

「無事の襲爵《しゅうしゃく》、お喜び申しあげます」

「ありがとうございます」

礼を言って、シルフレイアは少し間をおいてから続けた。

「本当に、感謝しています。今回のことで、どれほど自分が未熟だったか思い知りました。わたしひとりならきっと今日という日を迎《むか》えることはできなかったでしょう。あなたやゼルフィード子爵をはじめ、みなさまのお力を貸していただいたこと、生涯《しょうがい》忘れません」

「あなたのお人柄《ひとがら》が人を動かしたのですから、それはあなたのお力ですよ」

シルフレイアはふっと息をもらした。笑ったのだと気づいて、リヒャルトは軽く目を見開く。

「お口がうまくなられましたね」

「……そうでしょうか」

「ええ。とても」

きっぱりうなずいて彼女は自分の胸に手をあてた。さきほどまで剣《けん》にはめこまれていた翠《みどり》の宝石が、今は彼女をいろどる宝飾品《ほうしょくひん》としてそこにつけられている。

「——いつか青の宝玉とも剣の誓約《せいやく》をかわせる日がくるのを、わたしたちも待ち望んでおります」

リヒャルトは何も言わなかった。夏の庭に咲《さ》く白い花へと視線を戻《もど》すのを見て、シルフレイアは気にせずに踵《きびす》を返す。そして、庭に出てきた少年に気がついた。

「本日はおめでとうございます、シルフレイアさま」

朗《ほが》らかに笑いかけてきたのはベルンハルト伯爵である。シルフレイアの瞳《ひとみ》がするどくなった。

「……あれ。気のせいかな。敵意を感じる」

「——嘘《うそ》つき」

無表情のまま詰《なじ》られ、フレッドは目を瞬《またた》く。

「嘘つき?」

「今日は本物でいらっしゃるのですね。ずっと国外を回っておられればよろしかったのに」

フレッドはリヒャルトと顔を見合わせ、照れたように笑った。

「ばれてたのか」

「当然です。気づかないほうがおかしいでしょう」

「そうですよねえ。あの子はぼくにそっくりでかわいいのですが、演技力が今ひとつで」

「あなたの百倍は性格が良さそうですしね」

冷ややかに言われて、フレッドはまいったなあと頭をかく。力になると言っておいて結果的に約束をやぶったのは事実だから、彼女が怒るのも無理はない。

「あっさりふったうえに、嘘までおつきになるなんて。おかげで男性不信になりました」

「申し訳ありません。急に他《ほか》の仕事が入ってしまって」

「わたしとの一年越《ご》しの約束よりも大事なお仕事ですか」

「でも、最初に嘘をついたのは姫ですよね」

わけのわからない切り返しをされ、シルフレイアはかすかに眉《まゆ》をよせる。

「ぼくに恋《こい》していないのに、ぼくを好きだとおっしゃったでしょう。若いお嬢《じょう》さんが絶対にやっちゃいけないことだ。言ったほうも言われたほうも不幸になる」

「……」

たしかに一年前の告白はまるきり口からでまかせだった。国を守るため条件の良い政略結婚《けっこん》の相手がどうしても欲しかったのだ。それすらあっさり見破られていたとは、今回のだまし合いはこちらの負けだと認めるしかない。

「だから感謝していただきたいくらいですね。ぼくがあなたの求婚を断ったおかげで、あなたは今、自分の心に住んでいる人に同じせりふを言うことができる」

フレッドはやんわりと指をめぐらせる。つられるようにその指すほうへ目をやったシルフレイアは、離れた回廊の陰《かげ》で気だるげに猫《ねこ》をはべらせている青年を見つけた。

「ちゃんと守ってくれたでしょう、あなたを」

「…………ええ」

あの夜、書物館に飛び込んできた彼が、まっすぐ自分に向かって駆《か》けてきたのを思い出す。

やる気のない態度とうらはらに、彼はいつも飄々《ひょうひょう》と助けてくれた。そしてシルフレイアもまた、たぶん自分が思っているよりもずっと彼に頼《たよ》りきっていたのかもしれない。

猫に向ける愛情を少しくらいこちらにも向けたらどうかと、ときどき理不尽《りふじん》な説教をしたくなったことも認めよう。――絶対に誰にも悟《さと》られていないと思ったのに、よりによって伯爵に指摘《してき》されたのは癪《しゃく》だけれど。

「ぼくじゃ彼の代わりにはなれなかったということで、許していただけませんか」

困ったような笑顔《えがお》で言われ、仕方ない、とシルフレイアは吐息《といき》をついた。重度の自己陶酔《とうすい》症《しょう》の彼がそこまで言うのだからそれなりに反省はしているのだろう。

いまはそれよりも、陽《ひ》の光をあびて憂鬱《ゆううつ》そうな彼の体調のほうが気がかりだ。気を抜くとすぐ朦朧《もうろう》としてしまう彼を引きずって館内に連れて行くのはもう二度とごめんだった。


宴を抜け出した王太子は、帰国したばかりの従弟《いとこ》を『紅薔薇《べにばら》の宮』の一室に呼んだ。人払《ひとばら》いをした室内で、フレッドとリヒャルトだけがジークを囲む。

「――で、シアランはどうだった」

ジークの問いにフレッドは変わらぬ調子で答えた。

「大公殿下《でんか》のご病状はおもわしくないようですね。床《とこ》につかれてもうすぐ三月……。跡継《あとつ》ぎをどうするかで、大臣方は右往左往しておられました」

「そんなに悪いのか」

「……おそらく一年はもたないでしょう」

　ジークは深々と息をつき、長椅子《ながいす》にもたれこんだ。

「確かだろうな。その話は」

「もちろんです。妃殿下《ひでんか》に直接うかがいましたから」

「……きみはまた任務にかこつけて自分だけおいしい思いをしてきたのか？」

「まさか。ぼくは人妻には手を出さない主義です」

　フレッドは真顔で言って、あらたまったようにジークを見た。

「それより殿下、シアランの王太子の席に誰をすえるか、宮廷《きゆうてい》は二分三分していますよ。大公殿下の妹君を推《お》す者と、先の大公の弟君を推す者と、それから……」

「アルテマリスに付こうとする者、だな」

　ジークは皮肉な笑みをたたえて受ける。リヒャルトの表情が硬《かた》くなったのを見て手をあげた。

「まあいい。この話はここまでだ。フレデリック、それについては引き続き探《さぐ》ってくれ」

「承知しました。時機を見てまた出国します」

「悪いな。きみがいてくれて助かるよ。私は外交《がいこう》や政事がどうも苦手でな」

「ぼくもですよ」

　いかにも腹に一物かかえていそうな両者は、のんびりと応酬《おうしゆう》して微笑《びしよう》をかわした。

「――ところでフレデリック。シアラン土産《みやげ》は何を持ち帰ってくれたのかな」

フレッドは今気づいたという顔をして、頭に手をやった。

「すみません。すっかり失念していました。リディエンヌさまには買ってきたのですが」

「ほほう。失念……」

ジークはゆったりと含《ふく》めるようにくりかえす。

「王太子であるこの私のことを忘れさり未来の妃《きさき》にだけ貢《みつ》ぐとは、まったくいい度胸をしている……」

「リディエンヌさまは王室にとってなくてはならない御方《おんかた》ですから、つい気合いが入ってしまって」

「私は必要ないといいたいのか？」

「めっそうもない。殿下はアルテマリスに輝《かがや》く暁《あかつき》の一番星であらせられます」

「……いまいち美しさに欠ける表現だな……」

ジークが不満げにぼやくと、美意識を否定されたからか、フレッドがにこやかに反撃《はんげき》に出た。

「それはそうと殿下。ハーレム計画は順調に進んでおられるようですね。なんでも、うちの妹にまでお声がかかったそうで」

「ああ。第二夫人に迎《むか》えようかと思っている」

さらりと当然のように言われ、フレッドは肩《かた》をすくめる。

「残念ながらそれは無理ですね。まったくもって永遠に無理です。いくら金を積まれたところで、あの子が最愛の兄を捨てるわけがない」

「だれが金で釣《つ》ると言った」

「どうしてもとおっしゃるのなら、ぼくが代わりに後宮に入ってさしあげますから」

ジークは、ふっと優雅《ゆうが》に微笑んだ。

「全力で断るよ……。私の後宮に男は必要ない」

フレッドも微笑んだ。

「ぼくは別にかまいませんよ。毎日後宮でリディエンヌさまと追いかけっこしたり交換日記《こうかん》をかわしたり、ウフフアハハのお茶会三昧《ざんまい》……。むしろ望むところです」

「なぜリディと戯《たわむ》れることが前提なのだ。私の後宮に入るのなら私の相手をしたまえ」

「殿下……。殿下は本当に寂《さび》しがり屋さんですね」

仲が良いのか悪いのか、そしてどこまでが本気なのか。それはたぶん本人たちも完全にはわかっていないだろう。

楽しげなふたりをよそに、リヒャルトは壁《かべ》にかかった絵画を見上げていた。シアラン大公家から贈《おく》られた、大公一家の肖像画《しょうぞうが》である。

先の大公夫妻と子どもたち、そして縁戚《えんせき》の少年少女。そこに描《えが》かれた人々は誰一人として、もうこの世には存在しない。

栗色《くりいろ》の髪《かみ》の少女が止まった時間の中で笑っている。彼女の時間を止めた自分も、あの時から止まっているのかもしれない。

ふとその笑顔に別の少女の怯《おび》えた顔が重なり、リヒャルトはたまらず目をそらした。

「――自分はこれで失礼します」

そう言って扉《とびら》へ向かうと、フレッドの声が追いかけてきた。

「待って。きみにもお土産があるんだ」

彼が懐《ふところ》から取り出したのは青い布張りの箱だった。掌《てのひら》にのるほどの大きさだ。

「もっとごてごてした箱に入ってたんだけど、邪魔《じゃま》だったから中身だけ持ってきたよ」

「……」

ふたを開けずとも、中身が何なのかすぐにわかった。

リヒャルトはそれを受け取ると、目の前にいるフレッドを見た。

苦労という言葉など知らない。そんなふうに微笑む親友の顔を。

「……すまない」

お礼を言うには、まだ心の整理がつかなかった。ようやくそれだけ口にすると、フレッドは頓着《とんちゃく》しない顔でうなずいた。

「ミレーユならサロンにいるから、会ってやってくれるかい」

それには答えることができず、リヒャルトは無言のまま扉を開けた。

後ろ姿を見送って、フレッドはふうと息をついた。

「さて。あとはセシリアさまとヴィルフリート殿下にも渡《わた》してこないと」

「なぜ私のだけ買ってこない。嫌《いや》がらせか」

「殿下はリディエンヌさまがいらっしゃるからいいじゃないですか」

ふん、と鼻を鳴らし、ジークは頬杖《ほおづえ》をつく。閉まったばかりの扉を見ながらつぶやいた。

「彼もきみの妹も、えらく暗い顔をしていたが。何かあったのか？」

「さあ……」

フレッドは首をかしげ、ちらりと壁の肖像画を見やった。それから気を取り直したようにジークを振《ふ》り返る。

「もうぼくは行きますよ。みんなを集めて、賭《か》けの結果を見届けにいかなきゃ」

「ああ、私はあとから行く。ずるはするなよ、フレデリック」

「……しませんよ」

返ってきたのは、まぶしくも邪《よこしま》な笑みだった。


サロンには奇妙《きみよう》な空気が漂《ただよ》っていた。

顔を見られないようにうつむいて懸命《けんめい》に逃《に》げ出すきっかけを探っているミレーユを、ヴィルフリートはいぶかしげな顔でまじまじと見ている。

「僕の勘違《かんちが》いでなければ……兄上の婚約披露《こんやくひろう》の夜、ラドフォードと一緒《いっしょ》にいた婦人ではないか？」

鋭《するど》く指摘《してき》され、ミレーユは動揺《どうよう》した。

「えっ……、そ、それは、その」

「うむ。間違《まちが》いない。ベールをかぶっていたが、よく覚えている」

いきなりばれてしまった。あの変装の意味はあったのかと思いたくなる。

「それがなぜ、今日はこんなところでフレデリックと一緒なのだ？」

さらに突《つ》っ込まれ、ミレーユは目を泳がせた。たしかあの時はベールをかぶっていたせいで人妻だと認識《にんしき》されていたはずだ。もしかしてヴィルフリートの中では男を手玉にとる浮気《うわき》な悪女と思われているのではなかろうか。

「いや、責めているわけじゃない。少し気になってな」

「え？　な、何がですか？」

「うむ……。どうもあれ以外で会ったことがあるような気がしてならないんだ」

鋭い。鋭すぎる。いや、むしろ他《ほか》の者が鈍《にぶ》いだけで、彼の反応のほうが普通《ふつう》なのかもしれないが、これまで面と向かってあやしむ者がいなかっただけに、ミレーユは浮き足立った。

「気のせいだと思いますけどっ」

「ああ、わかったぞ。だれかに似ていると思ったら、フレデリックにそっくりなんだ！」

ぎゃあ、とミレーユは叫《さけ》びそうになった。無邪気《むじゃき》に見破った王子は、興味津々《しんしん》でさらに観察してくる。

「親戚《しんせき》の方か？　でも、叔父上《おじうえ》の親戚筋にこんな令嬢《れいじょう》がいたかな」

「すっ、すごく遠い親戚なんです！」

叫ぶように断言して、ミレーユはさりげなく話を変えた。

「それはそうと王子殿下《でんか》、その着ぐるみ、素敵《すてき》ですね。毛並みもつやつやして」

ばれた以上顔を隠《かく》すこともないだろう。開き直って笑顔《えがお》で言うと、王子は嬉《うれ》しそうに頬《ほお》をそめた。

「わかるか？　今日手に入ったばかりなんだ。東大陸にしかいない虎《とら》だぞ」

「この前の熊《くま》より、こっちのほうがお似合いです」

褒《ほ》められて上機嫌《じょうきげん》だった王子は、ふと瞬《まばた》きした。

「なぜ熊のことを知っている？」

「あっ……、え、ええと、フレッドに聞いたんです！」

自分の失言ぶりに涙《なみだ》が出そうになったが、ヴィルフリートは疑う様子もなく、少しまじめな顔になった。

「やつと親しいんだな」

「え、まあ、多少は」

「……最近、やつの生態系について少し疑問に思うことがあってな。——夜も眠《ねむ》れず悩《なや》んでいる」

ミレーユはまじまじと彼を見た。いつも強気で高飛車な王子が、いったいどんな悩みをかかえているというのだろう。

しかもフレッドが関係しているとなれば他人事ではない。思わず身を乗り出した。

「あの、あたしでよかったら、お話をきかせてもらえませんか？」

「うむ……。実はな──」

難しい顔で言いかけて、ヴィルフリートはふと口をつぐんだ。ミレーユを見つめ、自問するようにつぶやく。

「……いや、思い違《ちが》いか？　僕も知らない深層心理がそうさせただけか？　実はこっちに惹《ひ》かれているのか？」

「はい？」

ぶつぶつとつぶやき出した彼をふしぎに思って見つめ返したとき、扉が軽くノックされて開いた。

開けたのはリヒャルトだった。ミレーユと一緒に虎がいるのを見て少し驚《おどろ》いた顔をしたが、一瞬《いっしゅん》迷うように黙《だま》ってから会釈《えしゃく》する。

「失礼しました。殿下がご一緒とは知らず──」

そのまま扉をしめて行ってしまいそうにするので、ミレーユは思わずたちあがった。

「リヒャルト、待って！」

「ラドフォード、待て！」

なぜかあわてたように着ぐるみもたちあがる。

「誤解だぞ！　こちらのご婦人がおひとりだったから話し相手をしていただけだ！」

ふたりに呼び止められたリヒャルトは戸惑《とまど》ったように顔を向ける。ミレーユは慣れない華奢《きゃしゃ》な靴《くつ》に苦心しながら彼に駆《か》け寄った。

「話したいことがあるの。ちょっと時間をくれない？」

緊張《きんちょう》しつつも心を決めてそう言うと、一緒に引き止めてくれた王子を振り返る。

「ヴィルフリートさま、ごめんなさい。これで失礼します」

「あ？　あ、ああ、かまわない。行っていいぞ」

仁王《におう》立ちの虎が前脚《まえあし》を片方あげてうながした。それに背中を押されるようにして、ミレーユはサロンをあとにした。

どこもかしこも人がいる宮殿《きゅうでん》をさまよった末、ふたりが辿《たど》り着いたのは薔薇《ばら》園だった。

背の高い植え込みをぬけると、頭上からなにかがひらひらと降ってくる。

赤、白、黄、ピンク……。色とりどりの薔薇の花びらだ。

驚いてふりあおぐと、長梯子《ばしご》の上にいた麦わら帽子《ぼうし》の若者と目が合った。小脇《こわき》にかかえた籠《かご》からは花びらが溢《あふ》れ出さんばかりに見えている。

彼は目を丸くするふたりを生真面目《きまじめ》な表情で見下ろし、花びらを振りまいた。

「本日は国家の祝宴《しゅくえん》ですので、王宮薔薇園から特別プレゼントです。先着二名様、おめでとうございます」

「あ……ありがとう」

リヒャルトは面食《めんく》らいつつも礼をのべると、奥の温室を指差した。

「入ってもいいか？　いつものところ」

「どうぞ」

律儀《りちぎ》に花を振りまきながら彼は礼儀正しくうながした。こんな日にまで仕事をさせられて薔薇園の管理人も大変だ。

その温室は以前ジークと話した場所ではなかった。中身もぐっと質素で、長椅子《ながいす》は置いてあるものの、他に装飾品《そうしょく》は見当たらない。本来あるべき温室の姿とでも言おうか。

三人がけの長椅子に座ったミレーユは、隣《となり》に並んだリヒャルトをおずおずと見上げた。

「よく来るの？」

「たまにね。静かで暖かいから、昼寝《ひるね》をするのにちょうどいいんですよ」

彼がいつものように微笑《ほほえ》んだのでミレーユはほっとした。だがどうやって切り出そうかと考えるあまり会話が続かない。

彼が言うとおりここは静かだ。ちょっとした衣擦《きぬず》れの音さえ響《ひび》く。その静けさがさらに焦《あせ》りをつのらせる。

しかしいつまでも黙っているわけにはいかない。ミレーユは決心して向き直った。

「あ……あのね、あたし、あなたに……」

「いいですよ。無理しないでください」

せっかく勇気をふりしぼって言いかけたのに、静かな声でさえぎられる。

「あなたが怖《こわ》がるのも当然です。あんなものを見せるつもりはなかった。すみませんでした」

「ち、違うわ。あたし、怖がってなんか……」

いない、とは言い切れなかった。

あの時、ためらいなく人を斬《き》ったリヒャルトを怖いと思ったのは本当のことだ。返り血を浴びても表情すら変えなかった彼が知らない人のように思えて恐《おそ》ろしかった。

言葉が続かず目を伏《ふ》せるミレーユに、リヒャルトは慰《なぐさ》めるように言った。

「それがまともな反応だと思います。あなたが生きてきた街ではあんなことはまずないでしょうし、目の前でだれかが斬られたら恐ろしくもなるでしょう」

ガラスの壁《かべ》の向こうにある薔薇園を眺《なが》めながら、彼は独り言のようにつけたした。

「あなたと俺とじゃ住む世界が違いすぎる。今さらだけどよくわかりましたよ」

ふたたび、沈黙《ちんもく》がおとずれた。

口調は優《やさ》しかったが、なぜだか突《つ》き放されたような気がした。

確かに、それはそうだ。王宮の騎士《きし》と下町のパン屋の娘《むすめ》なんて本来なら知り合いにもならないだろう。それくらい生きている世界はちがう。

だから所詮《しょせん》はわかりあえないし、理解してもらわなくてもいい。彼はそう思っているのだろうか。

急に怖くなった。リヒャルトに拒絶《きょぜつ》されるのかもしれない。人を斬った彼をミレーユが一瞬でも拒絶してしまったように、彼の世界から追い出されてしまうのではないか。

そんな『恐怖《きょうふ》』があるなんて、リヒャルトと会う前の自分には想像もつかなかった。

ここしばらく、ずっと彼のことを考えていた。恐ろしいと思ったのは事実だけれど、そんな彼のことをもっと知りたいと思ったのもまた本当のことだ。どんな世界を生きているのか、いろんなことを教えてほしいと思った。

そうすれば無闇《むやみ》に傷つけることはなくなるかもしれないし、何か助けになれることもあるかもしれない。

そのことを伝えたかったのに、住む世界は違《ちが》うとあっさり言われてしまった。どうせ交われないのだから踏《ふ》み込んでくるなと暗《あん》に言われたのだろうか。

失望するやら悲しいやらで落ち込んでしまう。だが、そのうちちょっと腹も立ってきて、ミレーユは我慢《がまん》できず口をひらいた。

「勝手に決めないでよ、そんなこと」

「──え?」

怪訝《けげん》そうに訊《き》きかえすリヒャルトを、精一杯《せいいっぱい》強気を装って見上げる。

「あなたもあたしも、住んでる世界は一緒《いっしょ》でしょ。別々の場所で生まれて別々の育ちをしたけど、今は同じ場所でこうして並んで話をしてるじゃない。結局他人なんだみたいな言い方しないでよ。あなた、あたしのことをそんな冷たい目線で見てたの?」

「……いや、そういうことじゃなく――」

「黙って聞いて！」

戸惑ったように言いかけるのをぴしゃりと制する。駄々《だだ》っ子のような言い方しかできない自分がいやになるが、そうでもしていないとなんだか涙が出てきそうだったのだ。

「あたしはね、あなたに嫌《いや》な思いをさせたと思ったからそれをずっと謝りたかったの。身体《からだ》を張って庇《かば》ってくれたお礼も言おうと思ってここにきたわ。なのにどうしてどっちも言わせてくれないの？　自分の言いたいことだけ言って、ずるいじゃない。そりゃ認めるわよ、あのときはあなたのことを怖いと思ったわ。今だって思い出すと正直ちょっと怖いわよ。でも、あれで嫌《きら》いになんかならないし、離《はな》れたいとも思わないわ。だから」

ミレーユは両の拳《こぶし》をにぎりしめて叫《さけ》んだ。

「だから、住む世界が違うとか、そんな悲しいこと言わないでっ！」

リヒャルトは呆気《あっけ》にとられたように黙っている。はーはーと息を切らしているミレーユを見つめていたが、急に表情を変えた。

「す、すみません。俺が悪かったです。謝りますから泣かないでください」

「……何でリヒャルトが謝るのよ。ていうか泣いてないわ。ちょっと目にごみが入っただけよ」

「もう泣かないで。あなたに泣かれると非常に困ります」

「何がそんなに困るって……」

言いかけたミレーユの脳裏《のうり》に、ジークのにやけ顔が浮《う》かんだ。

──きみの泣き顔を見るとキスしたくなるそうだから。

「なっ、泣いてないわよ!? これはちょっと、興奮しちゃっただけよ、勝手に出てきたの」

あわてて言い張ると、信じたのかどうかリヒャルトは安堵《あんど》したように笑った。その表情にミレーユもほっとして、おずおずと続ける。

「あの……、あなたのこと、もっとたくさん知りたい……って言ったら迷惑《めいわく》?」

「…………は」

「いつもどんな仕事をしてるのかとか、何を考えてるのかとか、いろいろ教えてほしいなって。あたしって単純だし思い込み激しいから、勘違《かんちが》いとかしてあなたに嫌な思いをさせそうだから……。でも、知ってたらちょっとは役に立てたり助けになったりもできるんじゃないかって、思ったんだけど、いえ、あの、余計なお世話だっていうんなら、無視してくれていいの……」

リヒャルトが途方《とほう》にくれたような顔で固まってしまったので、ミレーユの申し出はだんだん弱気になった。

やはり踏み込まれたくないのだろうか。そう思って落ち込みかけたとき、彼は我に返ったように息をついた。

「……いいですよ。あなたのことも教えてくれるなら」

少し照れたような微笑みは、いつにも増して優しく見えた。無理をしている笑顔《えがお》じゃないとわかって、ここしばらく心の中にたまっていたものがすぅっと晴れてゆく。

「もちろん教えるわ! じゃあ、教えあいっこね」

「ええ。あなたからどうぞ」

「そう？　ええと、いろいろあるんだけど……」

うながされて彼の腕《うで》に目をうつすと、視線に気づいてリヒャルトはそっとそれに手をやった。

「もう治りましたよ」

「本当？　でもまだ二日しかたってないのに……。すごい血が出てたし」

「大したことありません。これくらい、狼《おおかみ》の群れと戦った時に比べれば」

ミレーユは目をむいた。

「狼と戦ったの!?」

「昔の話ですよ」

リヒャルトはさわやかに笑う。いったいどんな状況《じょうきょう》からそうなったのか。ミレーユはますます彼のことがわからなくなってきた。

思えば彼はほとんど自分のことを話さないし、何を考えているのかわからないことも多々ある。やはりここらで一度、きっちり質問《しつもん》攻《ぜ》めにしておいたほうがいい。

とりあえずまずは、気になっている質問をしてみることにする。

「……あのー。どうして困るの？　あたしが泣いたら」

ジークの作り話だとは思うが、はっきりしておかないと、このさき涙もろい自分はかなりの忍耐《にんたい》を強《し》いられることになってしまう。

リヒャルトはふとまじめな顔になってミレーユを見つめた。

「それは……」

「や、やっぱりいいわ！　また今度聞くから」

答えをきく度胸がなくて、小心者のミレーユは焦るあまりつい立ち上がった。

「じゃっ、次ね。あの、ルーディとはどういう……痛あ！」

慣れない靴《くつ》のせいで足元がふらつき、そばにあった薔薇《ばら》の鉢《はち》植えに思い切り手を突っ込んでしまった。落ち着きのない自分に情けなくなりながら見ると、指の先にぷっくりと血がにじんでいる。

「ああ、そこのはまだ棘《とげ》を抜《ぬ》いてないから」

立ち上がったリヒャルトがまじめな顔のまま解説して、確かめるように手をとった。

そのまま当然のように自分の口にもっていくのを見て、ミレーユは声を裏返らせた。

「……っきゃ――!!」

「なっ、なんで舐《な》めるの!?」

奇声《きせい》に驚《おどろ》いて唇《くちびる》を離したリヒャルトは、一瞬《いっしゅん》考えてから答えた。

「消毒……」

「じゃなくてっ」

「痛かったですか。すみません」

「だからそうじゃなくて！」

ミレーユはつかまれた手を引き抜くと、リヒャルトに指をつきつけた。

「今日という今日は言わせてもらうわ。前から思ってたけど、あなた天然すぎるのよ！」

「……天然？」

「自分じゃ気づいてないだろうけど、ものすごく危険なせりふを言いまくってるわ。その気もないのに女の子をむやみにどきどきさせるようなことばっかりするし！　あ、べつに、あたしのことじゃないけど――、そういうの、気をつけたほうがいいと思うのよね」

リヒャルトは大人《おとな》しくきいていたが、おもむろに口をひらいた。

「あなたには言われたくないですね、そういうこと……」

「どうして？」

「俺も前から思っていましたが、あなたもかなりの天然ですよ。まあ、こういうのを天然と言うのは今はじめて知りましたけど」

ミレーユはたじろいで彼を見つめた。

「なに言ってるの？　あたしはいきなり指を舐めるようなことはしないわ。あなたの気のせいよ」

「いや、かなり惑《まど》わせてます。たぶん、他《ほか》の男も」

「まさか……。あたしにそんなことができたら、今までもてないわけがないじゃない」

「気づいてないだけでは？」

妙《みょう》に冷静に言われ、ミレーユはむきになった。

「いいかげん認めたらどうなの？　ぜったいにあなたのほうが天然よ！」

この天然対決、絶対に負けたくない。ついさっきまでのしおらしさはどこへやら、ミレーユは闘志《とうし》を燃やしてリヒャルトと向き合った。


「――なんか喧嘩《けんか》してるぞ」

セオラスがつぶやく。

白百合騎士《しらゆりきし》団とその周辺の人々は、とある結果を確認《かくにん》するために、薔薇園の繁《しげ》みに身をひそめていた。

視線の先にあるのは小さな温室。さらにいえば丸見えの室内にいるミレーユとリヒャルトである。

「ま、どっちも元気になったみたいで、よかったじゃない」

フレッドは満足げに言って、隅《すみ》にいた麦わら帽子《ぼうし》の管理人をねぎらった。

「レオドルも協力してくれてありがとう。あの花びらの演出はすばらしかったよ。きっと乙女《おとめ》心《ごころ》をわしづかみにしただろうね」

「おそれいります。自分も一応、一口ですが参加しておりますので」

「ああ、そうだったね。――でも残念。時間切れだよ」

懐中時計《かいちゅう》を開いて微笑《びしょう》するフレッドに、その他の全員が深いため息をついた。

「賭《か》けの結果は『手を出さない』。ぼくの勝ちだ」

うおおお、という悲痛な声がのどかな薔薇園にひびく。

「なんなんだよあの根性《こんじょう》なしよぉー！　なんで手ぇ出さないんだよ」

「フレッドの一人勝ちかよ。あーあ、やってらんねー」

「つーかやべぇ、今月やっていけねー！」

「なあ、お嬢《じょう》って、鈍感《どんかん》っていうより男嫌《ぎら》いなんじゃねぇの？　男のかわし方が華麗《かれい》すぎるよな」

愚痴《ぐち》と銀貨が飛び交《か》う中、フレッドは片手にのせた革袋《かわぶくろ》に収益金がたまっていくのを感じながら、上機嫌《じょうきげん》で温室の中を眺《なが》めていた。

「つまり、ミレーユが一番好きなのはぼくだってことさ」

ガラスの中で喧嘩している彼にいつとって代わられるかはわからないけれど。少なくとも現時点では自分の勝ちだという、賭け金よりもはるかに価値のある事実が判明したのは喜ばしいことだ。


「――いったい何の騒《さわ》ぎだ！」

悲嘆《ひたん》にくれる騎士たちをかきわけて、金髪《きんぱつ》の少年があらわれた。さきほどまでくるまっていた虎《とら》の着ぐるみは脱《ぬ》いできている。

「これは王子殿下《でんか》。ちょっとした余興をしていただけですよ」

「余興？」

いぶかしげに言ったヴィルフリートは、温室の中に気づいて不機嫌《ふきげん》な顔になった。

「のぞきか。悪趣味《あくしゅみ》なやつらめ」

「今日はお祝いですから。王太子殿下もご参加の、由緒《ゆいしょ》ただしい賭け事ですよ」

垣根《かきね》の合間をこちらへ人影《ひとかげ》がやってくる。ジークとリディエンヌ、そしてカインとシルフレイアも一緒《いっしょ》なのを見て、ヴィルフリートは呆《あき》れたような顔をした。

「他人の逢《あ》い引きを見て何が楽しいんだ？　理解に苦しむ」

「そういう方もいらっしゃるでしょうね。――ところで殿下」

「なんだ」

「ぼくの二の腕《うで》に何か？」

ヴィルフリートは怪訝《けげん》そうに視線をおろし、はっとして手を放《はな》した。無意識のうちにフレッドの腕を確かめるようにつかんでいたのだ。

「な、なんでもない！　帰る！」

なぜか動揺《どうよう》したように宣言して、王子は人をかきわけ大またに帰っていく。

いったい何をしにきたのやら、突然《とつぜん》あらわれて突然帰っていく王子の後ろ姿を見送ってフレッドは首をかしげたが、気を取り直して一同を見回した。

「ねえ、賭けの結果も出たことだし、みんなで飲みにいこうよ。おごるからさ」

銀貨のたっぷり詰《つ》まった革袋を掲《かか》げる隊長に、騎士たちは歓喜《かんき》した。

「いいねえ！　行く行く！」

「さっすが隊長、太っ腹！」

「……あれ？　でもおかしくね？　あれって俺たちの金じゃね？」

「あ、ちょっと伯爵《はくしゃく》、あれ……」

特別参加の書物館司書、アシュウィックが指さす方を見てみると、金髪の悩《なや》ましげな美女が憤怒《ふんぬ》の形相で繁みに身をひそめている。

「ルーディ？　なにしてるんだ、あんなところで」

フレッドがいぶかしげにつぶやいたとき、温室の扉《とびら》があいて、ミレーユとリヒャルトがいまだ止まらぬ天然論争をくりひろげながら出てきた。


「ちょっと待ってください、俺は——」

「もういい、そっちがその気なら、もし悪い女にだまされそうになっても助けてあげないから！」

憤然としてざくざく歩いていくミレーユの背中に、後ろから声が追いかけてくる。

「そんなに急いだら危ないですよ」

「なによっ。こんなところで転ぶわけないでしょ。バカにしないで！」

ふりむきざまに言い返し、植え込みのそばを抜《ぬ》けようとしたとき、さっと脇《わき》から足が出てきた。

「へっ？……ぎゃ！」

もともとおぼつかなかったうえによそ見をしていたミレーユは、足元をすくわれ見事にすっ転んだ。したたかに顔面をうちつけ、悲鳴をあげる。

「ミレーユ⁉」

リヒャルトの慌《あわ》てた声がふってきた。言ったそばから即《そく》実行した彼女に、ちょっとびっくりしたようだ。

「大丈夫《だいじょうぶ》ですか⁉」

助け起こされ、じんじんと痛む鼻をおさえながら顔をあげたミレーユは、目の前に立つ人物を見上げて目を見開いた。

「……ルーディ……？」

金色の派手な巻き毛をふりみだした魔女《まじょ》が、おそろしく高圧的な態度で見下ろしている。

「小娘《こむすめ》が……。わたしのリヒャルトにちょっかいかけようなんざ、いい度胸してるじゃないの……」

きれいに化粧《けしょう》がほどこされた美しい顔を怒《いか》りでゆがめ、彼女はミレーユをにらみつけた。

「ジークに聞いたわよ。あんたフレッドの妹なんですってね。兄貴のツテをたよりにして、ラドフォード男爵家の嫁《よめ》の座でも狙《ねら》うつもり⁉」

なぜかいきなり喧嘩腰《けんかごし》だ。面食《めんく》らいつつも、ミレーユはただちに反撃《はんげき》にでた。

「はあ？　狙ってないわよ、そんなの。ていうかいきなり何すんのよ！　ショックで鼻が縮んじゃったらどうしてくれるの⁉」

ルーディは馬鹿《ばか》にしたようにせせら笑った。

「ふん。それ以上どうやったら低くなるっていうのよ。鼻ぺちゃ女」

「なっ……！」

「しかもそのドレスの似合ってないこと。そんなぺちゃんこの胸じゃドレスがかわいそうだわ。ねえ、まないた娘《むすめ》」

「ま、まな……っ」

気にしていることをズバズバと言われ、ミレーユはショックのあまり言葉がつづかない。

「ルーディ――」

「ねー、リヒャルトもそう思うでしょおー？　あんなまな板じゃ満足できないわよねえー？」

眉《まゆ》をよせて口をひらきかけたリヒャルトに、ルーディは甘えた口調ですり寄った。腕をとり、これでもかと胸を押し付けるのを見て、ミレーユは愕然《がくぜん》としてへたりこむ。

とてもじゃないがあの豊満な胸には太刀《たち》打ちできない。男装してもまったくあやしまれたためしがないというのに。

「そうよね……大きいほうがいいに決まってる……こんなまっ平《たいら》なあたしなんて女として面白《おもしろ》くもおかしくもないものね……」

「いや、そんなことないですから」

「いやーん、リヒャルトったら優《やさ》しいんだからぁ。こんな貧乳に情けをかけることないわよぉ」

ここぞとばかりにきゃあきゃあとルーディはリヒャルトにまとわりついている。と、屈辱《くつじょく》と敗北感にうちふるえるミレーユの肩《かた》を、だれかがぽんと叩《たた》いた。

見れば、なぜかフレッドが当たり前のような顔で微笑んでいる。

「元気だしなよ、ミレーユ。世の中にはね、いろんな趣向《しゅこう》の男がいるんだよ。きみのようにさっぱりした体型が好きな男だっているんだから」

ミレーユはふらりとよろめいた。全然何の励《はげ》ましにもならない。慰《なぐさ》めるかとどめをさすかどちらかにしてもらいたい。

と、うなだれるミレーユの肩を、今度は反対側からだれかがそっと叩いた。

「安心してください、ミレーユさま。この勝負、ミレーユさまの勝ちです」

ひんやりした声でなだめられる。

顔をあげると、シルフレイアがたたずんでいた。背後には相変わらず眠《ねむ》そうな顔をしたカインがおり、さらにはジークとリディエンヌまでもがいる。彼女がいつの間にかミレーユの名前を知っているということは、このうちのだれかから身代わりの事情をきいたのかもしれない。

勝《か》ち誇《ほこ》った顔で胸を見せつける魔女をちらりと見やり、シルフレイアはごく当然の口調で言った。

「だってルーディお姉様は、男ですから」

「――――え？」

ミレーユは耳を疑った。

「え……？」

リディエンヌは目を丸くした。

周知の事実なのか、驚《おどろ》くふたりをよそに他《ほか》の者たちは平然としている。

リヒャルトがなんとも言えないような顔で繰《く》り返した。

「誤解するのも無理はないでしょうけど……ルーディは正真正銘《しょうしんしょうめい》の男です。ずっと言おうと思ってたんですが、絶交されてたので言えなくて……」

奇妙《きみょう》な沈黙《ちんもく》が落ちた。

「……え？　でも、あの、胸……」

真顔でつぶやくミレーユに、シルフレイアは淡々《たんたん》とうけあう。

「もちろん、つくりものです」

「このボケ女！　なに勝手にばらしてんのよっ！」

目をつりあげたルーディがくってかかった。

「嘘《うそ》はいけませんわ。お兄様」

「お姉様だって言ってんでしょ！　この腹黒女、何べん言わせれば気が済むのよ！」

「じゃあ半分だけお姉様」

ようやく今耳にした事実をのみこんで、ミレーユは頓狂《とんきょう》な声で叫《さけ》んだ。

「つまり、オカマってこと!?」

リディエンヌはショックを受けたようにほおに手をあてた。

「そんな……せっかく第三夫人として後宮にお誘《さそ》いしようと思っていましたのに……」

夫となる王太子が計画するハーレム構想を当の王太子より楽しみにしている彼女は、自分好みの女性を後宮に引き抜こうと日々考慮《こうりょ》を重ねていた。もちろん第二夫人はミレーユで確定している。

「そういえば、どうして皆《みな》ここにいるんだ」

ふと気づいたようにリヒャルトが同僚《どうりょう》たちを見る。彼らは後ろめたいような恨《うら》めしいような思いで目をそらした。彼のせいで今月の生活費をぜんぶすってしまったものも少なくないのだ。

と、いぶかしげに追及《ついきゅう》しようとしたリヒャルトの腕《うで》を、ルーディがぐいとつかんだ。

「だれがオカマよ、このまないたっ！　あんたみたいな貧乳にリヒャルトは渡《わた》さないわ！」

またもまないた呼ばわりされて、ミレーユは頭に血を上らせる。

「あんたのそれだって作り物なんじゃないの！　あたしは自力で大きくしてみせるわ！　せいぜいあとで吠《ほ》え面《づら》かかないことね！」

「ナマ言ってんじゃないわよ、ぽっと出の小娘が！　わたしなんてリヒャルトが十二のときから知ってんのよ。あんなこともこんなことも知ってんのよ！」

むきになって言い合うふたりを、男性陣《じん》は若干《じゃっかん》引き気味に見ている。フレッドが笑顔《えがお》で言った。

「じゃ、ルーディは強制退場で」

了解《りょうかい》、と騎士《きし》たちはリヒャルトからルーディを引き離《はな》すと、ずるずると引きずって薔薇《ばら》園を出て行った。

一方、散々まないた呼ばわりされたミレーユは激怒《げきど》してフレッドにつめよった。

「大亀の甲羅《こうら》はどこ⁉　オカマに負けるわけにはいかないわ。帰って対策をたてるわよ！」

「わかってないなあ。幼児体型だろうが、かわいければそれでいいんだよ。ね、リヒャルト」

「だれが幼児ですって⁉　ちょっとリヒャルト、なにうなずいてるのよ！」

どこからともなくお菓子《かし》の包みを取り出したリヒャルトは、八つ当たりするミレーユの口に慣れた様子でお菓子を放り込んだ。

「まあ、いいじゃないですか」

笑って口元に指をのばしてくるのを見てたちまち怒りがかききえる。代わって生まれた、ほんの少しだけ居心地《いごこち》の悪い思いをかかえてミレーユは内心つぶやいた。

そういうところが天然だというのに。やっぱり彼はわかっていない。絶対いつか悪者にだまされるに違《ちが》いない。

そして自分は間違いなく餌付《えづ》けされている。その自覚はあるのに、お菓子で機嫌《きげん》を直してしまいそうになるのがちょっと情けない。

「……楽しそうだね、リヒャルト……」

ふいに背後で低い声がした。

ぎくっとリヒャルトが手を引っ込める。その視線の先を追ってふりむいたミレーユは、エドゥアルトが笑顔で立っているのを見て目を見開いた。

最近の父は神出鬼没《きぼつ》だ。そしてときどき笑顔が怖《こわ》い。特に、リヒャルトに対しては。

「そうかそうか……そうやってミレーユの心をつかんでいたわけか……」

「い、いえ、違います。これにはわけが」

「何が違うというんだ⁉　きみはミレーユに、一生自分だけのためにパンを焼いてくれと言ったそうじゃないかっ。私の目をかすめて求婚《きゅうこん》するとは、それなりの覚悟《かくご》はできているんだろうねっ」

「求婚……」

全員の視線が集まり、リヒャルトは冷や汗《あせ》をうかべた。

「誤解です、俺はべつにそういうつもりで言ったわけじゃ……」

「じゃあどういうつもりだっ！　おかげでミレーユは近頃《ちかごろ》まったくパンを焼いてくれない！　私の生きがいを奪《うば》うなんて、きみがそんなに非道な子とは思ってもみなかった！　だいたい求婚なんて百年早いんだ。そんなにうちの娘《むすめ》がほしいのならまず私を倒《たお》してからにしたまえ！」

「ちょっと、何言ってんのよパパ！」

いきなり現れて意味不明な言いがかりをつけはじめる父を、ミレーユはあわてて制した。

「なに勘違《かんちが》いしてるの？　リヒャルトはただパンが好きなだけよ、稀《まれ》に見るパン大好きっ子なの！　求婚だなんて、なにをどうしたらそんなに妄想《もうそう》が飛躍《ひやく》するわけ？　おいしいとか好きだから全部食べたいとか欲張りますよとか言われて、そりゃ、ちょっと舞《ま》い上がっちゃったけど……。いえ、職人はそういう言葉に弱いのよ。だから嬉《うれ》しかったけど、ほんとにそれだけのことなの！」

思いがけない単語を出されて、ミレーユは動揺《どうよう》のあまりつい赤面してしまう。『求婚』だなんて恋人《こいびと》いない歴十六年の乙女《おとめ》心には刺激《しげき》の強すぎる言葉だ。

「……ほう……」

低いうなり声がして、リヒャルトはそろそろとそちらに目をやった。殺気立った微笑《ほほえ》みを見つけてうっと息をのむ。

「初耳だよ、リヒャルト。そんなにパンが好きだったとは……」

ふふふ……と不気味に笑ったエドゥアルトは、一転、キッとリヒャルトをにらみつけると、指をつきつけて叫んだ。

「だがそこまでだ！ 私のほうが百倍ミレーユを愛している！ きみには絶対に負け――――ん!!」

王宮の人々を魔《ま》の手から救ったはずの勇者は、皮肉にもそれを理由に多大な恨みを買い、宣戦布告されることになったのだった。

あとがき

こんにちは、清家未森です。

ありがたいことに『身代わり伯爵』の続編を出していただくことになりました。前作では出せなかった設定やキャラ、エピソードなどを出すことができて心底幸せに思います。

この二巻は、前回ラスト、リヒャルトがミレーユを迎《むか》えにきたすぐ後のお話です。

当初、グリムやアンデルセン童話にあるような「おとぎ話」的世界観を取り入れようと試《こころ》みたのですが――出来上がってみるとそんな要素は清々《すがすが》しいほどに見当たらないですね。ちなみにモチーフにしようとしたのは「いばらひめ」。ヒロインに襲《おそ》いかかる乙女《おとめ》集団も、ヒーローをいびり倒《たお》すヒロイン父も、およそ出てきそうにないお話です……。

そんなこんなでメルヘン路線は無理だと悟《さと》り、もう好きなように書いてしまえと開き直った結果、この二巻が生まれた次第《しだい》です。天然ぶりを競《きそ》いあう主役二人、秘密に気づいちゃったかもしれない第二王子、下僕認定《にんてい》されてしまったマッチョ軍団など、メルヘンとはかけ離《はな》れた人々であふれかえっておりますが、楽しんでいただけましたでしょうか。

そういえば、私の周囲だけかもしれませんが、一巻はフレッドとセシリアの人気が意外に高くてびっくりしました。セシリアに関しては、ちょっとしか出番がなかったのになぜ？　という感じですし、フレッドは「いい加減で自分勝手な男」というキャラづけで書いたので、もっと嫌《きら》われるだろうと思っていました。こいつひどいよ……と思われた方はもっともな反応をされたと思います。そうでない方は私の描写《びょうしゃ》が甘かったのか、もしくは——白薔薇《しろばら》乙女《おとめ》の素質があるのかもしれません（笑）。

そんな二人が登場する短編を現在発売中の「ザ・ビーンズ」に書かせてもらいました。王女の乙女日記も出てきますので、そちらのほうもどうぞよろしくお願いします。

最後になりましたが、ねぎしきょうこ様。今回も美麗《びれい》なイラストをありがとうございます。表紙の美形兄弟は本当に目の保養です。思わず告白してしまいます。おかっぱ最高!!

担当様。タイトルは決められないわ、締《し》め切りギリギリまで粘《ねば》るわ、電話には出ないわで多大なご迷惑《めいわく》をおかけしました……。すみません。心を入れ替《か》えて馬車馬のように働きます！

同期の皆様《みなさま》。いつもためになる情報や励《はげ》ましのお言葉をいただき、感謝することしきりです。

そしてこの本を手にとって下さったすべての皆様、本当にありがとうございます。月並みな言葉しか出てこないのが悔《くや》しいのですが……、皆様のご意見ご感想は何よりの励ましであり、気力体力の源です。楽しんでいただけるよう、さらに精進《しょうじん》したいと思っております。

それではまた、いつの日かお目にかかれますように。

清家未森

「身代わり伯爵の結婚」の感想をお寄せください。
おたよりのあて先
〒102-8078 東京都千代田区富士見2-13-3
角川書店ビーンズ文庫編集部気付
「清家未森」先生・「ねぎしきょうこ」先生
また、編集部へのご意見ご希望は、同じ住所で「ビーンズ文庫編集部」
までお寄せください。

身代《みが》わり伯爵《はくしゃく》の結婚《けつこん》

清家未森《せいけみもり》

角川ビーンズ文庫 BB64-2　14796

平成19年8月1日 初版発行
平成19年12月25日 4版発行

発行者――井上伸一郎
発行所――株式会社角川書店
東京都千代田区富士見2-13-3
電話/編集(03)3238-8506
〒102-8078
発売元――株式会社角川グループパブリッシング
東京都千代田区富士見2-13-3
電話/営業(03)3238-8521
〒102-8177
http://www.kadokawa.co.jp
印刷所――暁印刷 製本所――BBC
装幀者――micro fish

ISBN978-4-04-452402-9 C0193 定価はカバーに明記してあります。

天然最強魔術師師弟、見参！
光炎のウィザード
喜多みどり　イラスト／宮城とおこ
落ちこぼれ見習い魔術師のリティーヤと、
彼女の師匠で冷酷天然魔術師のヤムセ。
そんなふたりが、魔導書をめぐる胸躍る
冒険に巻き込まれていくことに!!
愛と魔法のファンタジー！
大好評既刊
「光炎のウィザード」シリーズ
①はじまりは威風堂々
②再会は危機一髪
③追憶は五里霧中